zé do rock
ufo in der küche

SERIE PIPER

Zu diesem Buch

Was geschieht, wenn man eines Tages von außerirdischen kugeligen Wesen in entfernte Galaxien entführt wird? Genau dies widerfährt zé do rocks Ich-Erzähler Pé du Jazz, der zu allem Überfluß auch noch von einem Meteoriten getroffen wird und sich schließlich am Südpol wiederfindet. Nach einer abenteuerlichen Odyssee durch den Weltraum kehrt er zwanzig Jahre später wieder auf die Erde zurück, wo er feststellen muß, daß es ihn zweimal gibt. Eine aufregende Liebesgeschichte führt ihn quer durch Deutschland, bevor er endlich seinem Alter ego gegenübertritt, das in Stammheim einsitzt, weil es den bekanntesten Literaturkritiker der Nation entführt haben soll. Das überaus rasante, irrwitzige Buch des Kultautors schreckt vor keiner unsinnigen Idee zurück und ist in Ultradeutsch, fortgeführt als Wunschdeutsch, geschrieben – die überzeugendste Rechtschreibreform, die bisher in Deutschland vorgelegt wurde.

zé do rock, 1956 in Brasilien geboren, bereiste dreizehn Jahre lang über hundert Länder und lebt heute als Kabarettist und freier Autor in München. Er über sich: »Im juni 1995 is mein erstes buch ›fom winde ferfeelt‹ erschienen. Dieses neue buch is auch autobiografisch. Ich bin bestimmt der einzige brasilianer in ganz München, der mit 40 seine autobiografie geschrieben hat und mit 41 schon wieder eine.« Seit 1997 liegt sein erstes Buch, »fom winde ferfeelt«, auch im Taschenbuch vor.

inhalt

VORWORT

Im juni 1995 is mein erstes buch »fom winde ferfeelt« erschienen. Ein schönes buch, mit eim guten umschlag, und buchstaben, buchstaben bis wo das auge reicht. Um genauer zu sein: es waren 109.621 wörter. Für 32 mark. Macht 3425 wörter für jede bezahlte mark. Ein guter preis für so viele wörter, so viele geschichten. Es war eine autobiografie und handelte von problemen mit sprachen, räubern, polizei und fraun.

Dieses neue buch is auch autobiografisch. Ich bin bestimmt der einzige brasilianer in ganz München, der mit 40 seine autobiografie geschrieben hat und mit 41 schon wieder eine.

Es is auf ultradeutsch geschrieben, jedenfalls am anfang. Das projekt ultradeutsch (ultradoitsh) sieht 2 rechtschreib-vereinfachungen pro jahr von 1995 bis 2012 vor, und da dieses buch im jahr 1998 erscheinen wird bzw. erschienen is, gibt es 8 änderungen, die meistens was mit der abschaffung von zeichensetzungsregeln zu tun ham. Später im buch schreib ich auf wunschdeutsch, das is aber eine andre geschichte, und der leser wird dann wissen warum. Keine sorge. Die leute, die sich dafür interessieren, können im sprachlichen nachwort die (faszinierenden) details erfahren.

Da ich dauernd mit dem/der leser/in rede, hab ich ein wort aus meim unseriösen ultradoitsh (ultradoitsh-U) übernommen, und nenn ihn/sie lesi, *ein wort, das sowohl für die leserin wie für den leser anwendbar is (also für de lesa und für de leso).*

Und noch was: wenn du mich irgendwo erwähnst, sprich bitte mein namen nich Tsee do Rock, Tsee de Rock oder CD-Rom aus. Sprich ihn so aus, als würdest du Sä du Rock lesen, dann stimmt s wieder. Viele wollen wissen, was das heisst, jetz sag ich s ein für allemal, es heisst Sepp-vom-Rock, Rocksepp, also auf gut deutsch Schlagerheini, Schlagerhansl. Es is ein name der in Brasilien nich besonders gut ankommt. Im süden. Wegen dem norden. Es is ein typischer nord-spitzname. Man hat da vorurteile. Es is so als würd man Honecker mit vornamen, von Sachsen mit nachnamen heissen und in Westdeutschland erfolg haben wollen.

Jetz hab ich alles verraten, vielleicht war das nich gut. Wenn wir uns mal sehn sollten und du mich sprechen möchtest, wirst du nich wissen, was du fragen sollst. Vielleicht schade.

Genug meditiert. Nix wie weg hier.

DER WÄNDEKREIS DES CRÊPES

Neulich wollt ich mal gescheit lüften, mach das fenster auf und ein flaches weisses ding fliegt rein. Eine fliegende untertasse schwebt über dem kühlschrank und landet. Normalerweise dacht ich es wär nur so ein ausdruck, fliegende untertasse. Aber das ding schaut wirklich genauso aus wie eine untertasse, hat die gleiche grösse und fliegt. Nich einmal metallisch sieht es aus, sondern wie aus porzellan. Bevor ich mich wundern kann, kullern 5 oder 6 bunte kügelchen aus dem ufo und ich hör eine fraunstimme. Sie spricht brasilianisch:

»Guten tag, Pé. Wir sind von eim planeten jenseits des dir bekannten universums und wir brauchen dich für etliche experimente. Du musst dir keine sorgen machen, wir werden dich bald zurückbringen.«

Erstmal sag ich nix, das is bei mir noch nie vorgekommen. Aber die reden mit mir, ich muss irgendwas dazu sagen.

»Was für experimente?«

»Wir machen verhaltensexperimente mit mehreren lebewesen im universum, die wir dir schlecht erklären können. Sie sind jenseits deines vorstellungsvermögens.«

»Und wie wollt ihr mich mitnehmen? Euer transporter is ein bissi klein für mich, oder?«

»Das is kein problem für uns. Wir reduzieren dich etwas, nur für die reise, versteht sich.«

»Und was is wenn ich nich mitkommen will?«

»Deine reise hängt nich von deiner entscheidung ab.«

Was passiert wenn ich weg renn? Versuchen kann man s immer, aber ich merk schon das ich mich gar nich bewegen kann. Ich bin wie festgenagelt.

»Für wie lange braucht ihr mich?«

»Für einige monate.«

»Kann ich noch ein paar sachen mitnehmen?«

»Was brauchst du?«

»Ja was weiss ich, ein paar frische hemden und unterhosen, mein computer, mein walkman ...«

»Das wirst du alles nich brauchen. Entschuldigung, wir müssen jetz fliegen.«

»Moment!«

Ich will noch protestieren, irgendwie zeit gewinnen, es hilft nix, in der nächsten sekunde befind ich mich in ihrem fahrzeug, eim grossen saal, wo leuchtende farben nich nur an den wänden sondern auch in der luft schweben. Die kugel-E. T.'s sind auch da, sie sind nich grösser als draussen. In der mitte is eine grosse kugel wo sie ein- und austauchen. Sie stellen sich vor, indem sie einzeln besonders leuchten, jede hat eine andre farbe und ein namen, und ihre namen sind ganz gewöhnlich, wie Elisabeth und Robert. Ich hätt ihnen die hände geschüttelt, aber sie ham keine hände, und jetz wird mir klar das ich auch keine hab, ich hab überhaupt kein körper, das is wie im traum.

»Was habt ihr mit meim körper gemacht? Ihr habt gesagt, ihr wolltet ihn reduzieren, nich eliminieren!«

Die orangefarbene meint:

»Das is nur für die reise so. Du bist sozusagen digitalisiert, dein körper kriegst du bei deiner ankunft wieder.«

»Aber wenn ich kein gesicht hab, hab ich keine augen, wie kann ich euch sehn und hören?«

Jetz leuchtet der grüne:

»Man braucht keine augen, um zu sehn. Und keine ohren, um zu hören.«

»Das klingt schon fast biblisch.«

Die blaue:

»Ja.«

Ja, sagt sie. Is das eine antwort? Der grüne wieder:

»Vielleicht möchtest du kurz hinter dich schaun, wir verlassen bald dein planeten.«

Hinter mir is ein fenster, ein altmodisches fenster, bei dem man den unteren teil nach oben heben und sich dann rauslehnen kann. Würd ich tun wenn ich ober- und unterkörper hätte. Kaum hab ich das gedacht, schon is das fenster offen und ich lehn mich tatsächlich raus. Eine frische brise weht, es is abends, wir fliegen rasch nach oben, obwohl ich nich den eindruck hab, das wir nach oben fliegen. Es is so als würd ich von eim fenster auf die grossleinwand eines kinos blicken, wo sich die landschaft immer mehr entfernt. Ja, da is das 60er Stadion, die Isar, ein paar sekunden später is alles nur noch land von weitem. Die ham ja wirklich ein turboding, jetz is schon ganz Europa zu erkennen, gleich Afrika, die Erde, keine minute später is die Erde verschwunden und die dunkelheit hat uns. Ja, dunkel is es. Wirklich pechduster, trotz der unglaublichen menge sterne. Und still is es, die untertasse gibt kein mucks von sich. Ich dreh mich wieder um, die kugeln fliegen umeinander.

»Und bei euch gibt s fraun- und männerkugeln?«

Die türkis-kugel:

»Natürlich nich. Wir vermehren uns seit jahrmillionen nich mehr, und früher ham wir s auch nich so getrieben wir ihr. Du weisst, die evolution kann sehr verschiedene wege gehn ... wir ham uns nur namen und geschlecht gegeben damit wir für dich leichter erfassbar sind.«

»Und wie heisst ihr wirklich?«

»Wir heissen nich. Wir kommunizieren nich per schallwellen, wir sind telepathen, also ham wir keine wörter und keine namen, sondern nur konzepte.«

»Und wie habt ihr brasilianisch gelernt?«

»Wie gesagt, wir bedienen uns aus deim gedächtnis.«

»Sauber. Wieviel intelligenter seid ihr denn als wir?«

»Wie meinst du das?«

»Ich mein, sagen wir mal, IQ-mässig. Was habt ihr für ein IQ im schnitt?«

»Das is natürlich schwer zu vergleichen. Ihr macht auch keine IQ-tests mit flöhen.«

»Ihr wollt mir sagen, das ihr zu den menschen steht wie der mensch zum floh?«

»So in etwa.«

»Dafür, das ihr so intelligent seid, klingt ihr ziemlich normal.«

»Der floh sieht auch keine unterschiede in der intelligenz zwischen ihm und dem menschen.«

»Der floh sieht überhaupt keine unterschiede.«

»Eben.«

Draussen brennen die sterne ...

»Wie weit is es bis zu eurem planet?«

Die orange-kugel is am ball.

»Ungefähr 10 hoch 23 lichtjahre, aber in einer andren ebene.«

»Was heisst andre ebene?«

»Das licht von eurer sonne kann gar nich zu uns kommen, das universum hat viele ebenen.«

»Aha. Ja. Wie heisst du schon wieder?«

»Elisabeth.«

Diese Elisabeth hat die schönste farbe.

»Das klingt sehr weit ... wie schnell fliegen wir denn?«

»Mit lichtgeschwindigkeit.«

»Das muss aber dann verdammt lange dauern! 10 hoch 23 lichtjahre!«

»Keine sorge. Wir nehmen eine abkürzung. Ausserdem fliegen wir zwar 300000 km pro sekunde, aber wir ham eine extrem expandierte sekunde. Unsere reise dauert nich lang.«

»Und lacht ihr auch auf eurem planeten?«

»Ja, so einmal pro woche.«

»Ich hoff ich stör euren wochen-lachrhythmus nich, wenn ich ein witz erzähl, aber wenn wir schon von expandierten sekunden sprechen, der jude fragt Gott: ›Sag mal, lieber Gott, is es wahr, das für dich eine million jahre eine sekunde bedeuten?‹ Gott sagt mit seiner ganz tiefen stimme: ›Jaaaaahhhh‹. Der jude fragt weiter: ›Und is es auch wahr, das für dich eine million mark wie ein pfennig is?‹ Wieder kommt die tiefe stimme: ›Jaaahhhhh‹. ›Und noch eine frage, Gott, die letzte für heute: Könntest du mir vielleicht ein pfennig geben?‹ – ›Jaaaahhhh, Jakob, aber du musst eine sekunde warten.‹«

Alle kugeln leuchten gleichzeitig, es wird ganz laut.

»Ha hahhhhhhhaaaaaaaaahaaahhhhhhhh ha!«

»... eigentlich versteh ich das nich. Ihr sagt, ihr seid telepathen aber redet die ganze zeit mit mir. Wieso telepathieren wir nich einfach?«

»Das tun wir doch. Wir reden nich, das is nur dein eindruck. In dieser untertasse is es mäusestill.«

»Ja aber wenn wir nur telepathieren, wieso habt ihr erst am ende von meim witz gelacht? Ich mein, wenn ihr meine gedanken lesen könnt, hättet ihr den ganzen witz in meim kopf gelesen, da hättet ihr doch nich am ende sondern am anfang vom witz lachen müssen.«

Ha, nich schlecht für ein floh, gell.

»Rein fysikalisch ham wir die möglichkeit, alle deine gedanken zu lesen, aber wir tun uns das nich gegenseitig an und tun es genauso wenig mit andren wesen. Das is nach unserem moralischen kodex unanständig. Unsere kommunikation läuft nach dem freigabe-prinzip, das heisst, wir hören, oder besser gesagt, verstehn nur das, was du freigibst, also was du sagen möchtest.«

»Moment mal, ihr habt mich digitalisiert, und ihr habt meine sprache aus meim gedächtnis gelernt, da müsst ihr den witz schon ›gesehn‹ ham.«

»Stimmt. Wir kennen den witz.«

»Warum habt ihr denn erst nach dem witzende gelacht?«

»Aus höflichkeit. Wir wollen das du dich bei uns gut fühlst.«

»Ah. Klein und höflich wie die japaner. Aber ihr kennt meine ganze geschichte, alle meine gedanken, is das für euch nich unanständig?«

»Wir mussten das tun um mit dir kommunizieren zu können. Aber wir mischen uns nich ein in das was du jetz denkst.«

»Ach so. Wisst ihr denn alles, wirklich alles über mich?«

»Nein. Wir wissen soviel über dich wie du selber. Oder vielleicht etwas mehr.«

Die sind in ordnung, diese kugeln. Sie beantworten alle fragen und behandeln einen gut. Man fühlt sich wichtig. Klar, indiskret sind sie, aber wenn sie s für ihre wissenschaft brauchen, nich wahr. Draussen is nix mehr zu sehn, die sterne sind weg. Ich schau raus durch das offene altmodische fenster. Dann hör ich eine kugel hinter mir:

»Du kannst raus, wenn du willst.«

»Wieso?«

»Wir ham dich an einer leine. Einer energieleine.«

Wenn s so is. Und schon bin ich draussen. Ich seh nix mehr vom untertassensaal und bin von einer absolut schwarzen stille umhüllt, und nix is mit diesem absoluten vergleichbar, weil ich das absolute nich kannte. Vielleicht träum ich nur, kann durchaus sein, aber die realität hat mir noch nie so was absolutes angeboten. Das is hier der tanz des nichts, ich wusste nich, das man ohne körper tanzen kann, aber man kann, indeed … die plastische nulligkeit … Schöne wörter gibt s … Ich weiss gar nich ob das wort nulligkeit existiert, auf alle fälle existiert es in mir, innerhalb meines nichts. Allmählich entfernt sich mein menschenleben so weit wie ein fast vergessener traum. Wie lang ich da so bleib weiss ich nich. Vielleicht den bruchteil einer sekunde, vielleicht jahrhunderte. Ich bin ein auge inmitten dieser schwarzen stille, das weder denkt noch schläft. Und doch sie wacht, die stille.

·

Dann werd ich von den kugeln zurück gerufen.

»Frühstück!«

Ich hab weder bauch noch mund, also hab ich doch auch kein hunger.

»Frühstück?«

Jetz is der grüne kuglo dran.

»Das du kaffee willst, is uns klar. Aber was willst du essen? Müsli oder brot?«

»…?«

»War nur so ein scherz. Wir wissen das du scherze magst.«

»Verstehe. Ich möchte bitte crêpes, schön runde crêpes, mehrmals gewändet … ich bin etwas benebelt. Wieso seh ich keine sterne mehr draussen? Hier gibt s doch nich etwa wolken?«

»Wir befinden uns in so einer art immateriellem korridor. Aber auch wenn wir nich in eim immateriellen korridor wären, wär nix zu sehn. Wir sind zu weit weg von deim universum.«

»Aus meiner galaxie, meint ihr?«

»Nein, aus deim universum. Wir müssten ein gutes stück zurück fliegen um die ersten lichter von deim universum zu sehn. Das wären die lichter von eurem urknall. Und noch ein ganzes stück weiter zurück, um die ersten lichter von deiner sonne zu sehn, als sie entstanden is.«

Eigentlich interessiert mich das alles nich mehr so richtig. Ich hätt mehr lust, wieder in die stille dunkelheit da draussen einzutauchen. Aber im augenblik is draussen alles bunt geworden.

»Was is jetz da draussen?«

»Das is unser planet. Wir werden in kürze landen. Pleez fassen yor seet belt and dont smoke.«

Ja das is lustig, ich hab s gehört, wie er s geschrieben hat.

»Of cors i wont smoke, i dont hav siggerets and, wat is wors, i dont hav a mouth.«

Wir fliegen mit eim riesen tempo durch rote wolken, riesige materieklumpen fetzen an uns vorbei, kollidieren manchmal mit andren materieklumpen, als würden sie sich hassen, und gewaltige explosionen entstehn. Manchmal trifft unsere untertasse direkt auf ein klumpen, dann fliegen wir da durch, als wären wir immaterialisiert. Alles sieht unnatürlich und wenig erdenmässig aus.

»Unser planet is ein bisschen wie euer Jupiter. Etwas kleiner, aber meist aus gasen geformt, mit eim flüssigen kern. Er is viel kälter als die Erde und die orkane sind gewaltiger als auf dem Jupiter.«

»Wie konnte eigentlich da leben entstehn? Auf dem Jupiter kann ja auch kein leben entstehn, oder? Wieviel grad habt ihr grad da unten?«

Ich würde mich an der backe kratzen, aber ich hab keine.

»Zwischen –50 und –100°. Er war schon wärmer, aber nie so warm wie die Erde. Lebensformen wie bei euch können nur bei erdähnlichen planeten entstehn, aber solche lebensformen sind nur eine von millionen möglichkeiten. Heutzutage nennt ihr auf der Erde lebewesen, was kohlenstoffverbindungen aufweist. Im universum gibt s aber viele lebewesen, die keine kohlenstoffverbindungen ham. Wart mal, wir werden gleich landen. Bist du bereit?«

»Ich hab gedacht kohlenstoff ham nur die afrikaner.«

Bereit für was, wollt ich noch fragen, aber ich bin schon draussen. Wenn man körperlos war und wieder ein körper kriegt, fällt man gleich um. Macht nix, der boden is sehr weich, irgendwie zähflüssig. Is das überhaupt mein körper? Ich weiss es nich so richtig, es is so wie wenn man jahrelang eine zahnlücke hatte und sie dann verliert weil der zahnarzt ein neuen zahn eingebaut hat. Da fragt er ob der zahn »sitzt«, und man weiss es nich. Irgendwie kann er gar nich richtig sitzen. Ausserdem is es schwierig, mich mit selbstbeobachtungen zu beschäftigen, wenn ich in eim brei sink. Ich steck in eim dunklen, rötlichen breimeer, ein sumpf ohne boden, gott sei dank genügen ein paar armbewegungen, das ich nich ganz versink. Was für ein scheissexperiment is denn das? Wo is denn das ufo hin?

Wenn du schon mal von ufos entführt worden bist und die ausserirdischen dich in eim völlig unbekannten schlammmeer auf eim planeten ausserhalb des dir bekannten universums abgesetzt ham, dann kennst du dieses gefühl von völliger verlassenheit. Wenn dir das noch nich passiert is, dann verpasst du auch nix.

Ich bin allein! Die sind einfach weg! Wie wollen sie mit mir experimente machen? Oder is das schon das experiment? Und was soll ich machen? Wo ich bin, is es nich gut und nich stabil. Also muss ich mich in eine bestimmte richtung bewegen, vielleicht hab ich glück und find die stadt wo die E.T.'s wohnen, oder wenigstens eine insel, wo ich festen boden unter den füssen hab. Ich wähl als richtung den vermeintlichen punkt, wo der sonnenaufgang stattgefunden hat.

Geh, geh, geh, geh durch den breiten see! Die sonne is klein, rötlich, und sie braucht ziemlich lang um ihre runde zu drehn. Da ich keine uhr hab, niemanden fragen kann und kirchtürme nich vorhanden sind, verlier ich völlig das zeitgefühl. Die temperatur is O.K. Sie ham gesagt, zwischen –50 und –100°. Kann nich stimmen. Und wenn, dann hab ich ein andren körper. Andrerseits, das müsst ich doch wissen. Weiss ich aber nich. Sicher, es is einiges passiert, ich war schon körperlos, und wenn man dann wieder ein körper bekommt, es könnt auch der körper von einer fetten ratte sein, fühlt man sich sofort daheim.

Als der durst, der hunger und meine verzweiflung gross werden und ich keine wahl mehr hab, entdeck ich, das der brei essbar is und auch den durst tilgt. Ich begeb mich auf eine gaumenerkundungsreise. Das breimeer is von der konsistenz her nich immer gleichmässig, manche stellen sind flüssiger, andre zähflüssiger und dazwischen findet man auch richtig harte brocken. Crunch. Die kann ich essen wie alles andre, meine zähne können sie zerkleinern. Meine hände sagen: hart! Mein mund sagt: weich! Schmecken tut s ein bissi wie morsche pilze. Manchmal wie eine brühe aus morschen pilzen. Der rachen stemmt sich ein bissi dagegen, er weiss wirklich nich ob er die dinger durchgehn lassen soll. Ich träum dauernd von eim besseren essen, gar nix luxuriöses, eher so richtung *pizza mit allem und sardellen*. Eine zigarette hätt ich auch gern, aber sie ham mir keine zeit gelassen, welche mitzunehmen.

Ja, das verlangt eine siesta. Oder nix siesta, ich möchte tausend stunden schlafen. Am ende siegt dann doch die müdigkeit. Ich versuch mich auf dem rücken liegend mit leichten handbewegungen über wasser, das heisst über brei zu halten. Armbewegungen. Vergiss nich die armbewegungen! ... Ich glaub, ich muss mir keine gedanken machen, das ich irgendwo ankomm, es scheint auf diesem planeten nix zu geben ausser magma, und wenn es sonst noch was gibt, dann is es ziemlich gut versteckt.

So kann man nur sehr schlecht schlafen. Als ich aufwach, scheint die sonne. Ob es noch der gleiche tag is oder schon ein andrer, wen kümmert s? Ich will grade mit dem frühstücken anfangen, heute dicker brocken in dünner sosse, da seh ich so was wie eine atombombe. Ein meteorit schlägt ins magma ein. Eine gewaltige sache. Potenziert. Hoch n. Das magma spritzt kilometerhoch in die luft und grosse wellen entstehn. Das wird alles erschreckend, die wellen kommen wie hohe berge, in grosser eile, ich versuch mich auf der oberfläche zu halten, werd aber hineingesogen in den bauch des berges – und! – es is gar nich schlimm! Ich kann zwar nich atmen, dann atme ich eben nich! So einfach geht das. Ich bin schwerelos im dunkeln.

Die zeit vergeht, die bergenhorde hat sich beruhigt und die gegend is zurück in ihren sumpfigen schlaf. Draussen an der oberfläche is es nacht geworden, und der himmel leuchtet wie der weihnachtsbaum einer reichen familie.

Die tage sind lang, noch länger sind die nächte. Eine menge materieklumpen oder meteoriten flirren am himmel, es is ein schönes spektakel, aber ich bin nich so richtig in der laune, es zu geniessen. Was werden sich die leute auf der Erde denken? Wie werden es die fraun verkraften? Und Iquat, meine freundin? Hat sie die polizei schon benachrichtigt? Wie lang werden sich die leute gedanken um mich machen? Wird der verlag vielleicht mein verschwinden vermarkten? Bin ich berühmt genug, das man mein verschwinden überhaupt bemerkt? So viele leute verschwinden, werden die dauernd von ufos entführt? Ich mein, manchmal verschwinden die leute in diktaturen, aber oft passiert das auch in demokratien, wo man nich annimmt, das dort leute zu verschwinden pflegen. Vielleicht schwimmen, waten massenweise verschwundene leute auf diesem planeten, oder auf andren.

Während ich mich so über brei halt, muss ich an mein baby denken. Soviel mühe, um das manuskript zum buch zu machen, soviel mühe für den versuch, das buch zum bestseller zu machen, und jetz kann ich nix dafür tun, ich bin von allem abgeschnitten. Hatt ich doch gedacht: wenn ich mal meine trampreise um die welt hinter mir hab, werd ich in Brasilien, wo ich geboren und aufgewachsen bin, reich und berühmt sein, ich werd alles haben, was ich mir immer gewünscht hab, also ein auto und ein CD-spieler. Und was is passiert? Ich bin in Deutschland gelandet und ärmer geworden als ich je zu trampzeiten war. Es reicht nich für ein CD-spieler, geschweige denn fürs auto. Zuerst musst ich so lange am buch schreiben, dann ein jahr lang ein verlag suchen, immer das manuskript in einer grossen kiste verschicken mit eim aperitif, martini, damit der lektor lust auf das buch kriegt, und selten war was im briefkasten, manchmal eine absage, immer ohne martini zurück, ein jahr lang sagte ich täglich mindestens einmal nach dem briefkastencheck scheisse!, und am ende fand ich doch noch ein verlag, endlich, das war vielleicht eine erleichterung, und dann stritt ich ein jahr lang mit dem lektor, weil er oft mein ultradoitsh nich so verstand, wie ich es wollte, und dann war das buch endlich da, ich hielt die ersten lesungen, und lebte teilweise sogar davon, wo ich doch immer als brasilianer die deutschen auslachte, weil sie zu lesungen gingen, manchmal sogar dafür bezahlten, wo sie doch das buch gleich hätten kaufen können. Dann kam eine überschwemmung mit positiven kritiken, die verkaufszahl stieg auf 600000000000, das buch wurde in 7900 sprachen übersetzt, inklusive urdu, tagalog, tupi-guarani und eskimosprache (in dem fall ultra-eskimox), Steven Spielberg und Francis Ford Coppola meldeten sich kleinlaut bei mir für den kauf der filmrechte, usw.

Schön wär s. Nachdem ich eine halbe seite kritik in der ersten tageszeitung bekam, fühlte ich mich sehr berühmt. Leider wollte mich keiner auf der strasse erkennen. Manchmal starrte mich jemand in der u-bahn an, aber wahrscheinlich nur weil ich ihn auch anstarrte. Vielleicht weil er die zeitung las die heute mein buch besprochen hatte. Nich einmal diese leute erkannten mich. Wo blieben die autogrammjäger? Diese autogrammjäger machen einen fertig, ich weiss, aber dieser mangel an autogrammjägern macht mich noch fertiger.

Also ein VIP, very important person, wurde ich nich. Nich einmal ein IP, bestenfalls ein MOLIP (more or less important person), auf alle fälle doch mehr als ein einfacher P.

Der kontakt mit den medien brachte manche blüte zutage: da rief mich eine frau an, die bei eim fernsehsender arbeitete. Die vom fernsehn wollten mich interviewn. Sie zahlten dafür und ich hatte nix dagegen. Sie wollte ein paar daten von mir wissen, ich erklärte ihr in ganz gewöhnlichem deutsch worum es im buch ging und wozu ich es schrieb. Nach einer viertel stunde intensiven gespräches kam die frage: »Und sprechen Sie deutsch oder brauchen sie ein dolmetscher?«

Ich wollte den deutschen zeigen, das eine sprache vereinfacht werden kann, one das si an ausdruckskraft einbüsst. Manchmal hörte ich von freunden über dritte, die meinten, ja, der typ soll zu seinen bananen zurück kehren, er soll erst mal vor der eigenen haustür kehren! Das tat ich doch, ich mach auch den brasilianern vorschläge. Was ich nich versteh, is warum die leute sich so ärgern, wenn man vor ihrer haustür kehrt. Also wenn einer vor meiner haustür umsonst kehrt, bin ich ihm doch dankbar.

Das buch verkaufte sich nich schlecht, nur, ein grosser bestseller wurde es nich. Einerseits hatt ich das pech, das viele potentielle kunden mein buch nich bestellten weil sie den titel nich buchstabieren konnten, andrerseits das glück, das mein buch zur gleichen zeit erschien, als die diskussion um die rechtschreibreform am heissesten war, so meldeten sich die medien oft bei mir. Als im september der bayerische kultusminister die endgültige besiegelung der rechtschreibreform blockierte und verschob, war ich heilfroh. Die diskussion konnte weitergehn. Leider wurde sie im dezember doch von den ministerpräsidenten beschlossen. Die medien archivierten das thema, für mich war s vorbei. Ich nahm drei tabletten zyankali (von den ganz scharfen) und war nach wenigen minuten mausetot.

Ja, mausetot werd ich gleich sein, wenn ich hier nich wegkomm! Der meteorit hat mich voll im visier, das zischen wird lauter zzzzzzzzzzzziiiiisssssssccccccch und für eine flucht is es zu spät. Der meteorit erwischt mich in der mitte, es gibt ein erdbeben, oder sagen wir mal ein schlammbeben, das ich nich mehr weiss wo vorn und hinten is. Wenn du schon mal zwischen zwei jumbo-jets warst, die frontal kollidiert sind, kennst du das gefühl. Der erste teil, der von mir aufwacht is mein rechter fuss, der sich auf die suche nach den übrigen teilen macht. Bald findet er mein rechten arm und schafft es, ihn aufzuwecken. Mein körper is zu eim *wir* geworden. Leider passen der rechte fuss und der rechte arm nich zusammen, beide suchen weiter. Mein zermatschter kopf wacht auf und muss sich erstmal die gewohnte form suchen, ich hoff ich mach alles richtig. Überall is magma eingedrungen. Ich muss den rest finden, wo sind die andren, ich brauch meine hände um etwas organisation in die sache zu bringen. Immerhin kann ich mit meim willen mein kopf allmählich wieder aufblasen. Die suche gestaltet sich wirklich schwierig weil ich nix sehn kann, wer weiss wie weit ich von der oberfläche bin. Ich find erstmal ein stück von meiner rechten lunge, ganz schön verkohlt das teil, ich glaub ich sollte doch weniger rauchen.

Es dauert ziemlich lange bis ich wieder alles zusammen hab. Ich weiss nich wo alles hingehört, aber jedes teil kennt sein platz und seine funktion. Man muss die natur schon bewundern. Oder in diesem fall die kugel-E. T.s, technologisch sind die wirklich spitze. Schwierig wird s mit dem linken fuss, der is spurlos verschwunden, wo sollen auch in diesem brei spuren bleiben, irgendwann find ich den rechten schuh, immerhin den passenden zum vorhandenen fuss. Mannomann, der linke fuss, ohne linken fuss geh ich hier nich weg. Ein paar winzige teile find ich auch nich mehr, nur der fuss, wo is der? Irgendwann muss ich ihn aufgeben. Ich muss später wieder kommen. Ich mach mich auf den weg zur oberfläche, da klafft ein kilometertiefer und -breiter krater der sich langsam schliesst.

Lange, ganz lange tage und nächte gehn vorbei, manchmal fällt ein meteorit, zweimal wieder auf mich. Beim dritten mal is die obere hälfte vom linken ohr weg.

Eines tages kommt dann doch noch die erlösung. Ich hab s nich mehr für möglich gehalten. Das ufo schwebt vor mir, die kugeln kommen raus. Ich lächel wie ein baby.

»Hallo. Wir sind fertig. Wir bringen dich zurück zur Erde.«

Und schon werd ich schwere- und körperlos in dieses ufo gebeamt, das von der grösse her nich besonders imponiert. Ich werd wieder die Erde sehn, ihre weissen wolken, ihre festen felsen, *pizzas mit allem und sardellen,* Iquat und meine freunde, vor allem Iquat und ihren lieblichen bauch, quelle so vieler wonnen ... der rot-gelbe riesenplanet wird immer kleiner ...

Die türkisfarbene Elisabeth, die ich schon damals sympathisch und von der farbe am besten fand (von der form her waren alle ja ziemlich rundlich), fragt mich:

»Wie geht s dir?«

Ich brauch ziemlich lang für die antwort. Ich denk an so vieles, und ich denk so langsam. Ich glaub auch nich, das sie s eilig hat. Ich muss mich an die neue realität gewöhnen. Wir fliegen mit grosser geschwindigkeit durch die galaxien und durch die verschiedenen universen. Das müssten die brasilianischen züge mal gesehn ham, die würden sich wundern. Ja, ich sollte vielleicht endlich di frage beantworten.

»Naja, wie soll es mir schon gehn. Normal halt. Ich bin ja nich einmal müde, ohne körper kann man nich müde sein. Man kann sich nich hinlegen, man kann die augen nich zu machen.«

Eigentlich möcht ich sie beschimpfen, die ham mich ganz schön darben lassen, andrerseits fliegen sie mich zurück und ich möcht nich, das sie sich das anders überlegen. Sie könnten mich auf eim trostloseren planeten abladen, dann müsst ich schaun wie ich zurück komm.

»Wie könnt ihr nur auf so eim planeten leben?«

»Nach deinen massstäben leben wir eigentlich nich. Früher,

vor vielen jahrmillionen, gab es sogar eine »lebende« gesellschaft hier, aber der planet is zu kalt geworden und wir sind alle gestorben.«

»Ihr seid alle tot???«

»Ja, aber wie du siehst, existieren wir noch. Aber nich als kugeln, die du siehst, das ham wir uns nur einfallen lassen damit du von uns eine vorstellung bekommst. Wir sind reine energie-wesen.«

»Wie habt ihr denn früher gelebt? Ich hab so lange nach inseln gesucht, nach eim zivilisationszeichen, da war nix und wieder nix.«

»Wir ham nie städte gebaut. Wir waren eher so wie fische. Oder wie delfine, wale, so fällt dir der vergleich bestimmt leichter. Wir ham nie werkzeuge benützt.«

»Nur super-ufos die durch die galaxien flitzen ...«

»Dieses ufo existiert nich. Das suggerieren wir dir nur.«

»Und die reise durch die galaxien? Is die auch nur suggeriert?«

»Nein. Du reist durch die galaxien.«

»Wie denn?«

»Wir schweben zur Erde und tragen dich in unserem schoss.«

»Ah.«

Is natürlich ein schmarrn was sie mir da erzählt. Aber ihre stimme is herrlich. Wenn sie tatsächlich tot sind, ham sie doch kein schoss.

»Könnt ihr gar kein ufo baun?«

»Doch. Aber wir brauchen es nich. Wieso nennst du so ein gefährt ein ufo? Es steht ja für Unidentifyd Flying Object, aber wenn du schon weisst was es is, dann hast du s identifiziert und eigentlich müsst es ab diesem punkt IFO heissen.«

»Stimmt. Mei. Sag mal, was habt ihr für experimente gemacht? Ich hab nix davon gemerkt.«

»Wir wollten wissen wie lang du brauchst um dich nach eim meteoritenschlag wieder zusammenzuflicken.«

»??? – das war doch nie und nimmer mein körper! Ich hätt das nie mit meim normalen körper überlebt!«

»Das is uns klar. Aber dein hirn war dasselbe.«

»Warum hat es dann so lang gedauert, bis ich vom ersten meteorit getroffen wurde? Warum habt ihr nich gleich ein paar meteoriten gegen mich geschleudert?«

»Um in deiner irdischen sprache zu sprechen: es war eine kostenfrage. Und wir ham s nich eilig.«

»? Und was is mit meim fuss passiert? Habt ihr den versteckt?«

»Nein. Du hast ihn nur nich mehr gefunden.«

»Also hab ich den test nich bestanden?«

»Es ging nich darum, ob du dein fuss findest oder nich.«

Ich wollte noch fragen, worum es denn sonst ging, aber draussen in der pechschwarzen nacht läuft ein gigantisches galaxien-spektakel.

»Wieviel sterne gibt s im all?«

»Viele.«

»Kannst du nich etwas genauer sein?«

Ich seh schon, ich krieg keine gescheite antwort. Tote E.T.'s, die sich mir als bunte kügelchen präsentieren und mich in ihrem schoss durch das all transportieren, da übertreiben sie jetz ein bissi. Ich möcht mal eine zigarette rauchen, ein schluck weisswein trinken und mich auf eim sofa zurück lehnen. Dann hör ich eine stimme:

»Schau, da kommt die Erde.«

Das geht zu schnell. Ich hab keine zeit, sie in ruhe zu beobachten. Ey, dort unten is es weiss, die wollen mich anscheinend am Südpol absetzen.

»Ey, wollt ihr mich am Südpol absetzen, oder was?«

»Es is besser für dich, damit du dich akklimatisieren kannst. Dein körper is sehr niedrige temperaturen gewöhnt.«

Was heisst das? Das ich den gleichen körper hab wie auf diesem schlammigen planeten? Moment! Leider lassen sie mir keine zeit für neue fragen, alle sagen einstimmig:

»Wiedersehn!«

Hoffentlich nich wiedersehn. Sie sind in sekundenschnelle verschwunden und befinden sich jetz schon in der Magellanwolke, millionen lichtjahre entfernt, von uns aus betrachtet, aber um die ecke, von ihnen aus betrachtet.

Hier das gleiche wie auf dem breiplaneten, nur in weiss. Weiss is das eis, weit is die weite. Weisst du, ich gebrauch selten das wort schön. Nein, ich hab nix gegen das wort, das problem is: das wort is schon so degradiert, wird von jedem jederzeit benutzt, das ich mit dieser dekadenz nix zu tun haben will. Aber hier muss ich sagen, weil ich s nich anders sagen kann: wunderschön!

Das mächtige, glänzende blau des sonnigen himmels, und unter mir diese gefrorene wolke. Am ende meines körpers fehlt auf der linken seite ein fuss. Mein fuss is weg. Er schwimmt einsam durch den magmaplaneten und sucht sein meister, oder auch ein andren, der kein linken fuss hat. Zuerst ham sie mein körper verändert, damit ich auf diesem komischen planeten überleben kann, nur bei der rücklieferung ham sie ihn nich zurückgeändert. Damit er hier überleben kann, wär doch keine schlechte idee. Manchmal hab ich glück im pech, manchmal hab ich pech im glück, aber diesmal war s pech im pech. Diese lächerlichen murmeln ham versprochen, ich komm topfit nach hause. Soll das mein wohnort sein? Hab ich je mein domizil in der Antarktis gehabt? Und hab ich je nur ein fuss besessen?

O Breatan, o Breatan, was hab ich dir nur angetan? Ich hab ein fuss verloren. Ich leg mich wieder hin und mach die augen zu. Dann wieder auf. Hat sich nix verändert. Sieht gleich aus. Ein schöner alptraum. Für den fuss muss es später eine lösung geben. Schrecklich. Ich geh mit den fingern drüber. Am ende des unterschenkels hört s auf. Eine dünne schicht haut bildet sich um den stumpf. Tatsache is, das ich nackt (mit der ausnahme des rechten schuhes) in der Antarktis sitz, und dankbar sein muss, das ich diesen körper hab, weil mit dem ursprünglichen wär ich seit gestochen 2 minuten erfroren. Sie ham pannen, die E. T.'s, aber immerhin kommen die pannen zu zweit, im duett, und irgendwie passt s. Für mich is es von der temperatur her, als würd ich in der Copacabana sitzen. Andrerseits spazieren dort schöne fraun rum, während ich hier nich einmal ein pinguin zu gesicht bekomm.

In der ferne hohe berge. Sitzende eisberge. Die sonne traut sich nich so richtig, zur mitte des himmels zu kommen, is ja klar, von hier is es weit bis zum Äquator. Ich muss heim. Aber wo is »daheim«? In Brasilien, wo ich vor vielen, verdammt vielen jahren geboren bin, oder bei Mutter Germania, die mir ihre hand ausgestreckt hat? Zwar hat sie, als ich in guter nähe war, mir eine watsche verpasst, aber gleich danach war sie ein engel. Ja, sehr launisch, diese Mutter Germania ...

Heimat is ein sehr deutsches wort, aber meine heimat is das leben! Es hat immer ein platz für mich und fremdelt nie. Ich bin eines seiner kinder. Und wenn es geht, geh ich auch!

Egal in welche richtung ich geh, von hier geh ich immer nach norden. Andrerseits, von 10 richtungen kann nur eine die richtige sein. Verstehe wer wolle. Ich muss zur küste kommen, da hilft kein hinken und kein schminken. Dort kann ich eine polarstation suchen. Nur, welche chancen hab ich? Ich kann nich richtig gehn, ich kann überhaupt nich gehn, ich muss auf allen vieren dahinkriechen, und nich einmal das richtig, sondern eher auf allen dreien. Mit dem trinken is es kein problem, ich muss nur den boden lecken, hoffentlich is er noch nich allzu versifft. Ich möcht gar nich raten, was man hier alles schon deponiert hat. Was mach ich aber mit dem essen? Feinkostläden gibt s weit und breit keine, und mit einer pizzeria sollt ich genauso wenig rechnen. Und wenn s eine gibt, dann is sie nur eine falle für die versteckte kamera. Die warten, das verirrte südpolgänger vorbei kommen, sich wundern und den gestressten italienischen kellner fragen:

»Entschuldigung, aber ...«

»Vas vils du, main froinde?«

»Is das nich ein bissi komisch, diese pizzeria am südpol ...«

»Globalizazzione, signore, globalizazzione!«

Wenn ich mich weiter so langsam beweg, komm ich übermorgen an! Und wo ankommen, und wie weit is es? Ein kilometer, 100, 1000? Der boden is nich sehr behilflich, oft unregelmässig und hügelig. Erschwerend kommt hinzu, das man die landschaft auf allen vieren nich so gut geniessen kann wie wenn man zum beispiel in eim kleinen, dahintrödelnden flugzeug sitzt.

Grade bewegte ich mich schneller als das licht, und jetz schaff ich kaum ein kilometer in einer stunde. Gern würd ich auf eim glatten, vereisten see dahingleiten, gleich einer eisfee, summend, dem horizont und der küste entgegen schwingend, dabei hab ich schon fast löcher in meinen knien.

Schon wieder geht diese ewige zeit vorbei. Die tage sind kurz, die nächte sind ganz in ordnung. Wie lange hab ich nix gegessen? Ich hab hunger. Wenn ich bedenk, wie lang ich hier schon durch die gegend schleich, wundert s mich, das ich noch nich tot bin. Normal is das nich normal.

Tage später seh ich ein neues element, das kein eis is. Ich erblicke zum ersten mal wasser, flüssiges wasser, in eim gletscher. Sieht wenigstens von der ferne so aus. Ein paar stunden später und ein paar kilometer weiter wird mir klar, das das, was ich für wasser gehalten hab, tatsächlich wasser is. Praze the lord. Nach norden das flüssige meer, das sich bis zum horizont den platz mit dem eis teilt. Ich schaff es bis zum ufer, das kein richtiger ufer is, sondern ein kuddelmuddel, das sind wieder mal ein paar kilometer, am schluss rutsch ich nur noch runter. Und dann blommmm. Das wasser gibt nach, war ich nich mehr gewöhnt, nachdem ich so lang auf dem schlammplaneten war. Unter der oberfläche kann ich nich atmen, aber ich leide nich darunter. Noch besser, ich vermiss mein fuss nich. Die schwerkraft gibt mir eine pause. Hier unten sieht man wasser, wie zu erwarten war, und eis. Was auch zu erwarten war. Natur makes art with watter. Wy du u need so much mor? Von festland is hier keine spur, vielleicht war ich schon länger auf eis, das über wasser liegt. Ich war sicher in der Antarktis, aber nich am Südpol, sonst hätt ich monate gebraucht. Unten is ruhig, oben is ruhig, ich hör nur das leichte plätschern des wassers, sonst nix. Beim gletscher gibt s grade keine vorstellung.

Komisch, ich hab gedacht, die strömung treibt mich am gegenüberliegenden ufer entlang, aber jetz seh ich, das ich im vergleich zu meim stammufer mich nich bewegt hab. Also muss sich das andre ufer bewegen. Es wird mir klar: da ich nich zu diesem berg gehn wollte, kommt dieser berg zu mir geschwommen. Ich steig mal ein, auf, er kann mich woanders hinbringen, oder wenigstens auf andre gedanken. Es is nich leicht, auf ein eisberg zu steigen, und mit nur eim fuss is es doppelt nich so leicht. Ich mach es mir gemütlich so gut es geht. Natürlich fährt der eisberg nich schnell, aber ich hab keine wal. Wenigstens kann ich schwarzfahren, soweit kommen die münchner mvv-kontrolleure bestimmt nich. Und überhaupt, auf diesem eisberg, der vor weissheit nur so strahlt, kann sowieso keine rede von schwarzfahren sein.

Vielleicht hätt ich weiter die küste entlang schleichen sollen bis zu einer polarstation, die ham bestimmt pizza dort, gefroren, versteht sich. Das wär sicherer. Andrerseits war das verdammt anstrengend, jetz hab ich ein eisberg, der für mich schwimmt, und der will bestimmt nach norden, oder? Nach süden kann er nich. Aber was is, wenn der eisberg so weit nach norden kommt, das er zu schmelzen anfängt? Der grössere teil is unter wasser, und der wird wahrscheinlich als letztes sinken, obwohl, wenn er unter wasser is, kann er nich sinken – ich kann nich mehr klar denken. Fahr, eisberg, fahr weit weg! Dorthin, wo meine freunde sind! Und wenn du mich zu eim ort bringst, wo nur freunde von andren leuten sind, is das auch O. K. Ich nehm dann den bus.

Iseberg-riding is ein ruhiger sport. Man muss nich rudern und ein lenkrad is sowieso nich vorhanden, so hat man viel zeit zum nachdenken. Nach einer gewissen zeit gewöhnt man sich an die landschaft, sie ändert sich nur geringfügig. Ich find ›geringfügig‹ is ein nettes wort. Es is wie eine gänsefamilie in eim see, die 4 g's sind die kleinen gänslein und das f is die muttergans. Was wird sich Iquat, meine kleine chaotische japanerin denken? Sie is zwar nich klein sondern normalgross, und japanerin is sie auch nich, sie is nur eine brasilianerin mit schlitzaugen, die aber offener sind als manches europäische rundauge. Organisationstalent und gedankengeradlinigkeit sind nich ihre stärke, ganz anders als bei ihren vorfahren, aber kein mensch, der in Brasilien geboren und aufgewachsen is, bleibt derselbe. Auch ein japaner nich. Jetz is sie allein in Deutschland, und ich bin nich da.

Yes, this wite ise, this blu watter, i like the majjic of life.

Und – shau da! Eine grosse latte! In der Antarktis! Ich spring ins wasser und geb ihr keine chance. Sie reagiert nich, fügt sich meinem willen, und mein wille heisst hunger! Die schmeckt gar nich schlecht, für eine ordinäre ratte, ich mein latte, die wahrscheinlich lange eim gebäude gefügig war, von schlecht deutsch sprechenden gastarbeitern malträtiert – ich persönlich bin kein gastarbeiter, sondern ein geist arbeiter – naja, ein drittel gegessen, der rest für morgen.

Ja, morgen wird ein langer tag sein. So ein eisberg gehört wahrlich nich zur gattung der schnelltransporteure ... nein, da gibt s nich viel zu erzählen ... eine eisbergverfolgungsjagd, das wär doch was ...

The dais go by, the nites leev me alone, no need tu anser the fone. Am 11. tag scheint die sonne wieder, sie hatte sich für ein paar tage rar gemacht. Und das is nich die einzige gute nachricht. Ich erblick endlich ein zeichen von zivilisation. Die leute auf dem schiff, das grade hinter dem andren eisberg aufgetaucht is, schaun erschrocken aus. Die werden ihren enkeln was zu erzählen ham, als sie damals nahe am südpol plötzlich ein menschen auftauchen sahn, nackt, ohne ein fuss aber dafür ein schuh am andern, mann da hamma geschaut …

Wir kommen uns allmählich näher, ich und dieses schiff, es is nich besonders gross, ein fischerboot vermutlich, eine vergnügungsjacht wird es kaum sein. CARESSE heisst die barkasse, nett von ihnen, caresse heisst auf französisch immerhin zärtlichkeit … 5 männer stehn an der reeling. 5 weisse männer. Naja, was hätt ein neger hier schon zu suchen? Dem namen des bootes nach 5 französische seemänner. Eigentlich könnten es auch canadier sein, oder belgier (aber dann müssten auch kinder an bord sein, wir wissen ja, das die belgier nie ohne kinder auf hohe see gehn) oder congolesen, die sprechen auch französisch, nein, neger ham hier nix zu suchen. DIE ANTARKTIS IS WEISS UND BLEIBT WEISS!

Die besteigung der leiter erweist sich als schwierig, wegen dem fehlenden fuss. Die 5 männer weichen zurück. Bin ich ein böser geist? Ja, bin ich, aber nich so wie die es meinen.

»Vou parlé fransai?«

Tut mir leid, ich sprech im französischen das s oder z nich aus. Wie auch immer: is das ein englisches schiff und ich fang das gespräch französisch an, kein problem, sie werden mich für ein franzosen halten. Is das schiff französisch und ich sprech sie englisch an, werden sie mich aus dem boot werfen.

Keine antwort. Vielleicht doch englisch, is da nich in der nähe Neuseeland, Australien? Südafrika? Nein, kommen wir nich auf das leidige thema mit den afrikanern zurück.

»Du u speek inglish?«

Sie weichen weiter zurück. Es is peinlich, ich bin der einzige nackte, alle männer können mein instrumentarium sehn während ich bloss jacken und hosen zu gesicht bekomm. Alle wissen ob ihrer grösser is als meiner oder nich, während ich völlig im dunkel tap. Endlich meldet sich der chef, ein hochgewachsener:

»Quién eres tu?«

Ah, spanisch, und sie bitten mich um identifizierung.

»Si señor! Pé du Jazz, geboren in Porto Alegre, Brasilien, das geburtsdatum sag ich nur wenn ir ein auskunftsbefehl habt. Vater Zé du Jazz, Mutter Josefina du Jazz.«

Natürlich hab ich das auf spanisch gesagt, ich hab s nur übersetzt sonst hättest du den witz nich verstanden. Ach, fandst ihn sowiso nich gut? Der käpten will mehr wissen:

»Qué estás asiendo aquí?«

Was ich da mach, will er wissen. Zugegeben, ich kann kein bild der normalität bieten.

»Yo, aaaahh« (spanier ham kein umlaut), (ich übersetz es sofort), »… ich war …«. Ich muss mir erst überlegen, was sag ich jetz? Wenn ich die wahre geschichte erzähl, bringen sie mich in eine klinik für solche fälle. Und um eine geschichte zu erfinden, die zu der situation passen könnte, müsst ich tagelang rumgrübeln.

»Ich war auf dem weg nach norden.«

»So, nackt?«

»Ich hab die kleidung verloren. Also ich bin kein begeisterter FKK-mensch, das heisst du kannst mir schon ein bissi kleidung ausleihn. Weisst du, die kälte macht mir nix aus, aber diese nässe …«

Käpten schickt seemann sollen holen entsprechend, aber pulli oder jacke zi ich mir nich an. Nach der langen nacktzeit is es direkt unangenehm, kleidung anzuhaben. Also die leute sind dem akzent nach südamericaner. Argentinier oder chilenen. Wenn man die höhe der nase betrachtet, argentinier. Ob das klischee über die hochnäsigkeit der argentinier stimmt, weiss ich nich, sicher is aber, das die piloten, die in Argentinien über

10000 m fliegen, angehalten werden, auf die nasen der argentinier aufzupassen, kollisionen sind dort gang und gäbe.

»Wo kommst du her?«

»Wo is die küche? Ich muss was essen, ich hab ein unendlichen hunger, wenn ihr mir nix zu essen gebt, ess ich das schiff auf.«

Er entspannt sich ein bissi in der haltung, das kann ich ja nich ernst gemeint ham, und in dem moment ham die andren angenommen, das der chef alles unter kontrolle hat, und entspannen sich auch. Wir gehn, das heisst sie gehn und ich hops. Helfen tun sie mir nich, keiner kommt mir zu nah. Im boot is es fürchterlich heiss. Essen kann ich viel. Tiefkühlpizza. Ohne sardellen. Und fischsuppe natürlich. Als ich die ersten löffel in den mund führ, singen alle zellen meines körpers in eim 8stimmigen kanon »wir leben!« Ich krieg soviel zu essen, wie ich essen kann, und ich kann viel essen. Ich muss das skelett wieder auffüllen. Das tu ich draussen, weil ich mich drinnen so gefühlt hab wie einer mit anzug und krawatte in der sauna. Die stellen schon viele fragen, ich beantworte sie alle, wenn mein mund nich grade zu voll is. Kein problem. Ufos, schlammplanet, meteoriten, die rückreise ging ohne turbulenzen, habt ihr noch ein fisch da? An meine geschichte glauben sie natürlich nich. Das sind zwar fischer, aber argentinische. Könnten vom aussehn her ingenieure sein. Normal würden die denken, ich bin ein lügner, aber ich bin nackt auf eim eisberg zu ihnen gekommen, und denen fällt nix mer ein. Das lange essen findet schliesslich sein ende. I feal a bit fishy.

Das bot war argentinisch und boot mir eine gute möglichkeit, Ushuaia kennen zu lernen, die südlichste stadt der welt. Zuerst wollten sie noch fischen, und die fahrt war teilweise ziemlich wacklig, was die chronische unruhe des Südatlantiks reflektierte. Mit den seeleuten hab ich nich viel kontakt gehabt, sie waren meistens drinnen, wo ich mich nich aufhalten wollte, und wenn sie draussen waren, mussten sie fischen und hatten kaum zeit, sich mit mir zu unterhalten. Aber es kam immer wieder jemand vorbei, um das essen zu bringen und zu fragen, ob alles in ordnung is. Dabei hab ich den einen gefragt, was für ein datum wir ham, es war der zwanzigste september. Manchmal musst ich rein, weil das klo drin war. Man sollt seine kleinen geschäfte nich draussen erledigen: die südatlantischen winde sind stark und man tut seiner hose kein gefallen. Wenn sie grade nich beim fischen waren, waren die fischer im gemeinschaftsraum und telefonierten mit ihren handys. Einmal kam mir ein junger typ entgegen, der den arm nach vorn hielt, so als würd er die uhrzeit erfahren wollen. Nur, er schaute nich auf die uhr sondern auf mich und redete so, als würd er keine antwort von mir erwarten. Ich war perplex, aber dann hab ich verstanden, als von seiner uhr eine stimme kam. Das war ein handy, oder sagen wir mal ein pulsy. Eine uhr als telefon, das hab ich noch nie gesehn. Offensichtlich sind die argentinier viel weiter als die europäer, seitdem sie alles privatisiert ham.

6 monate bin ich weg gewesen. Der abend bricht herein, Ushuaia is ein schöner anblick. Vor allem zivilisation! Menschen! Lichter! Wo der mensch is, is es manchmal auch schön. Vor allem wird das alles hier von argentiniern gepflegt … Im hafen von Ushuaia warten einige leute auf das schiff, die nich zum fischereibetrieb zu gehören scheinen. Zum beispiel polizisten, sanitäter und andre leute in zivil. Das ganze aufgebot gebührt mir. Offensichtlich ham die seeleute die behörden informiert.

Klar hab ich kein pulli und keine jacke an. Ich weiss, das schockiert sie, aber das is unvermeidlich. Die polizisten wollen mir einige fragen stellen, die sanitäter mich gleich mitnehmen, ich bin ja irgendwie ein unfallopfer. Der streit geht los, die polizisten gewinnen, weil sie die waffen ham.

»Pasaporte!«

Ja, mit pass geht nix, herr oberpolizeimeister. Ich weiss, ein gültigen pass zeigen und die welt is wieder in ordnung. Da bin ich wieder ein mensch, der berechtigt is zu sein. Man sollt es schon schriftlich ham.

»Bueno, lo que pasa, señor policía, es que yo soy un autor brasilero que vive en Alemania, y yo fue raptado por un UFO y fuime parar en un planeta distante, blablabla«

Das ganze noch mal. Auf spanisch.

»Pero esto no está en orden!«

Ja, ich weiss, herr polizist, das das nich in ordnung is, es is einiges nich in ordnung, herr polizist. Das bildungsniveau der argentinier is doch nich so hoch. Wenigstens nich das der argentinischen polizisten. Ich mein, wie kann ein nackter mensch, ohne taschen, der nix in der hand hat, ein pass bei sich ham? Nein, freilich sag ich das nich laut, wo denkst du denn hin, ein argentinischen polizisten zu beleidigen? Ich geb ihm völlig recht.

»Usted tiene razón!«

Hab ihn gut entwaffnet. Daraufhin will er wissen, ob ich ihn verarschen will. Jetz sollt ich ihn besser nich bestätigen. Ich überleg grade ob ich einfach »no señor« sag oder das etwas gewählter formulieren sollte, da setzen sich die sanitäter durch und nehmen mich mit. Auf einer bare, obwohl ich gar nich krank bin. »Sie, eigentlich bin ich gar nich« – »Kein wort mehr! An die matte!« Im krankenwagen fangen die sanitäter mit den routinemässigen untersuchungen an. Der eine sanitäter – könnt auch ein arzt sein, aber wie kann ich das wissen – sieht sich das thermometer an und sagt zum andren bedeutungsvoll:

»Zero grados.«

Naja, das heisst noch nix. Die meisten thermometer, die die

körpertemperatur messen, ham keine minusgrade, nich einmal in Feuerland. Hinter uns fahren 3 polizeiautos. Im endeffekt bin ich ja illegal im land, ich könnt ein spion sein. Der spion, der aus der kälte kam. Ich frag mal den sanitäter, der so ausschaut wie ein Günter Jauch mit pocken, wie s Argentinien grade geht.

»So schlimm wie momentan war s noch nie.«

So eine antwort hab ich erwartet.

»Ich war schon mal hier. Ich glaub das war 82.«

»Da war ich noch nich geboren.«

Was heisst, nich geboren? Dann is er keine 16 jahre alt? Das ich nich lach.

Die argentinische autoflotte is weitgehend modernisiert, es hat sich einiges getan seit ich das letzte mal hier war, teilweise sehr moderne autos, die ich nich einmal in Deutschland gesehn hab. Der andre sanitäter oder arzt, von dem hab ich noch gar nich gesprochen, sieht normal aus, deshalb hab ich noch nich von dem gesprochen. Sieht auch wie Günter Jauch aus, aber ohne pocken.

Gutes auto. Man schwebt so dahin. Gute strassen. So eine stadt, die in der kälte steht, trägt bestimmt ein preussischen charakter in sich. Keine lautquietschenden latinos, wie wir sie in Nordsüdamerika gewöhnt sind. Im krankenhaus is der ärzteauflauf gross, die ganze ärztewelt von Ushuaia (was eigentlich gar nich so viele sind) will diese mischung aus quecksilber, blei und einer kleinen prise helium, die ich geworden bin, nich aus den augen verlieren. Und sie diskutieren, wer das recht hat, mich zu untersuchen. Der chef setzt sich durch. Dafür is er ja der chef. Es dürfen nur 2 gorillas im zimmer bleiben, für die sicherheit, versteht sich. Er steht vor mir und lechelt täuflisch (täuflisch sind auch diese umläutfallen), als wär er Frankenstein und ich das monster. Er hat eine ganz komische frisur, wenn man das frisur nennen kann. Eine glatze, und rechts oben eine runde stelle mit eim durchmesser von 3 oder 4 zentimetern, woraus ganz lange haare hängen, hinter den ohren bis zum rücken.

Wenn das jetz mode in Argentinien is, dann sind die nich mehr zu retten. Ich muss mich wieder ganz auszin.

»Sie sind chemisch gesehn eine ganz schöne mischung, gell junger mann?«

Ja, heutzutage mag ich das, ein junger mann genannt zu werden. Was mich beunruhigt, is die tatsache, das die leute, die so was zu mir sagen, immer älter werden. Sag mal, wird dieser dokter nich müde? Spritzen hier, spritzen da, röntgen. Auf dem röntgenbild is absolut nix zu sehn.

»Da ham Sie mich aber ganz schön reingelegt, gell junger mann? Verraten Sie mir mal Ihr geheimnis: maggic?«

2 reporter drängen sich rein, nur, was verdrängungskapazität betrifft, sind die gorillas einsame spitze. Und da schneiden die presseleute ganz schlecht ab. Aber die andren ärzte sind ungeduldig und drängen ins zimmer, di polizisten kommen dazu. Andrerseits, oder besser gesagt, hinterseits kommt eine neue gruppe, 3 männer sind das, und ihr verdrängungspotential is enorm, sie ham waffen, mit denen sie das opfer pulverisieren. Weisst du wie die aussehn? Du wirst es nich glauben, wie die Mafia in den filmen der 30er jahre! Die hüte, die schnurbärte, die zigarren, die anzüge. In null komma nix is die menge um mich pulverisiert, lauter aschenhäufchen am boden, und ich werd mitgenommen. Durch gänge, mehrere gänge, wer sich in den weg stellt, wird pulverisiert. Ich mein es ernst. Man meint Feuerland is der arsch der welt, aber gibt man sich die mühe, mal an ort und stelle zu checken, was sich da so tut, entdeckt man, das es die nase is. Technologisch gesehn. Je weiter wir durch die gänge kommen, desto weniger leute stellen sich uns in den weg. Und mein bett is motorisiert! Also, ich muss schon sagen, technologisch, diese feuerländer.

»Ja, liebe zuschauer, wir stehn hier am ort des geschehens, im exklusiven dienst der exklusiven zuschauer von kabel A56936-Beta. Ein mann wird die treppen runter getragen, vermutlich der Polnackte. Urheber des attentats is vermutlich die Mafia, man geht davon aus, weil sie wie mafiosi ausschaun und mafia heisst organisiertes verbrechen. Und wenn das hier nich organisiert is! Wer hätte gedacht das die Mafia schon unser schönes städtchen mit ihrem freundlichen, aber schweren arm umarmt hätte!«

Also jetz ham sie ein alten mann mit krücken umgerupst und mir die krücken gegeben, damit diese hopserei endlich ein ende hat (für mich) und steigen ins auto. Mit mir natürlich. Der alte mann, der jetz auf dem boden halb liegt, halb sitzt, schaut mit unverständnis, viel unverständnis. Der fahrer weiss bescheid. Keiner sagt ein wort. Die einzige aber überzeugende behinderung sind 2 fernsehwagen, die uns dermassen zugeparkt ham, das wir so nich rauskommen. Der beifahrer steigt aus und schiesst den vorderen und den hinteren wagen zu asche. Das hab ich nur einmal in eim film gesehn, DER GEMINATOR. Ja, korrigier mich jetz nich, die lage is ernst, das sind eiskalte killer, sie hätten nur den vorderen pulverisieren müssen und schon wär ihr weg frei, oder den hinteren, wenn die vorderen zu sehr gejammert hätten.

Nein, die gibt s nich mehr, die 2 fernsehwagen sind vergangenheit. Die typen geben mir krankenwäsche zum anziehn. Danke. Ein bissi eng hier. Wir erreichen die zentrale, also ich geh mal davon aus, das es die zentrale is. Weil wenn das nur die filiale is, wie wird dann die zentrale aussehn? Eine tropische insel der glückseligkeit unter einer riesenkuppel, die silbergrau im finsteren feuerländischen licht steht. Das is warm hier, und weiter hinten liegt ein tropischer strand müde rum. Palmen so weit das auge reicht. Es is ein sonniger tag, wo doch grade abend war. Turbo Day. Das wort war eines der wenigen, die im auto gefallen sind, und hier is ein platz, der es verdient, Turbo Day genannt zu werden. Sieht nich täuschend echt aus, sondern echt täuschend. Werden wahrscheinlich nur reiche mafiosi haben können. Und politiker. Die wiederum ham nich wirklich viel geld, aber solche luxuriösitäten sind für sie kein problem, die stehn unter »spesen«. Deshalb is die grenze zwischen mafiosi und politicosi so schwer definierbar.

Am strand stehn niedrige häuser und hochhäuser, in eins von denen werd ich gebracht. Gleich zum chef. Der schaut nich brutal aus, eher so wie ein Harold Jungke vor 30 jahren. Also vor dem absturz. Er will alles wissen, jetz geht das schon wieder los. Kaum hab ich mit den ufos angefangen, herrscht er leise aber bestimmt:

»Conta otra!«

Er will das ich eine andre erzähl, eine andre geschichte, ein andren witz. Ich hab keine andre und so schnell fällt mir sicher auch keine ein.

»Warum wollt ihr das wissen?«

»Wer die informationen hat, hat die macht, und wer die macht hat, hat das geld. Und für geld ham wir ein gewisses faible.«

Mein Gott, was soll ich denen erzählen?

»Also ich war früher eine kleine kartoffel, dann ham mir meine herren, das sind die bösen menschen, arsen ins wasser (ich trinke kein kaffee) gegeben, aber statt zu verfaulen bin ich diese blume gewor –«

»Aufhören! Stopp!«

Das hat ihm gar nich gefallen. Die gorillas gehn an die arbeit. Die schläge tun weh, ja. Ich hätte gern alles zugegeben, nur, was hätt ich zugeben sollen?

Und was erzähl ich da alles? Meine peiniger sind schon längst weg. Sie mussten nich viel schlagen, bis ich ohnmächtig geworden bin. Eine schöne sache, ihr müsst es mal probieren. Man is ganz oben und hört die Erde atmen. Bald hat die ohnmächtigkeit mein kopf verlassen und beschäftigt sich hauptsächlich mit meim körper. Ich muss ihn wecken, »körper«, sag ich zu ihm, »wir müssen heute etwas früher zur arbeit. Komm.« Ich muss erstmal meine hände zurück gewinnen, damit ich den rest dann durch massage oder weiss der geier was wecken kann. Ich schick also eine armada aus neuronen zum rechten arm, damit sie der hand bescheid sagen kann, das die gleich arbeiten muss. Normalerweise brauchen die neuronen wenig zeit, aber in meim körper schläft alles, es is dunkel, sie können niemand fragen. Manchmal schrein sie: »Is jemand da, der weiss, wo die hand is?« Manche neuronen landen im fuss, manche in irgendeiner drüse, manche aber erreichen ihr ziel, meine rechte hand. Die leute von der hand sind natürlich besorgt, leider können sie nix machen, der strom is aus. Es dauert, bis sie sich erinnern, das es ein notaggregat gibt. Allmählich gehn die lichter in meiner hand an, dann am arm, und siehe, da is strom und licht im ganzen körper. Jetz bin ich nich mehr ohnmächtig, aber machtlos. Ich bin in eim keller und mir tut alles weh. Ich muss raus. Durch die tür, das is klar, geht nix. Also durch die wand. Ich bin ja ein durchbeisser. Ich mach mich an die arbeit, baumaterial schmeckt nich besonders. Gut, ich ess das zeug nich, aber ein bissi was bleibt immer hängen. Das schlimmste is das beissen an einer flachen wand, das geht äusserst langsam und mühsam voran. Als das loch breit genug is, quetsch ich mich raus. Draussen is es früh morgens. Schön, das ich die krücken mitnehmen konnte. Unschön is, das ich mich noch in diesem Turbo Day befind, und der is zu heiss und zu hell für einen der flieht. Soll ich durch das meer fliehn? Diese gigantische schein-welt is gross, aber nich so gross wie es scheint, das sind riesige holografien die eim den eindruck geben, das dahinter der tatsächliche horizont liegt. Eigentlich kommt man nur drauf, weil es besser gemacht is als im realen leben. Diese gassen hören nich auf. Hat diese welt ein ausgang? Und wenn, is er holografisch? Ich hör gedämpfte stimmen, 2 männer kommen aus eim haus, ich versteck mich. Sie gehn an mir vorbei und reden spanisch. Klar. Ich geh ins haus, aus dem sie gekommen sind. Die tür gibt nach. Kein mensch da. Der ausgang wird wahrscheinlich im keller oder vielleicht im speicher sein. Da is ein aufzug, aber wozu ein aufzug, wenn dieses haus nur ein parterre hat und vielleicht ein speicher? Die argentinier werden doch nich so fein geworden sein, das sie sogar zum speicher ein aufzug nehmen? Nein, das müssen mehrere stockwerke sein. Man drückt ein bissi rum und schon kommt der aufzug daher. Leer. 30 stockwerke bietet er mir an, und zwar auf englisch und mit wohltemperierter tenorstimme. Ich nehm mal den letzten, und als ich raus komm, seh ich ein fenster und dahinter gähnt eine patagonische landschaft vor sich hin. Das is musik für meine augen. Es is dunkler als im Turbo Day, der tag bricht erst an. Offensichtlich gibt es nur eine ausfahrt vom mafia territory und die is gut bewacht. Hinten versperrt eine ewig lange mauer den weg. Es muss doch was schöneres geben als in mauern zu beissen. In diesem riesen hof gibt s eine strasse, also muss es auch eine garage geben. Und die muss mit dem aufzug erreicht werden. Ich sag ihm so höflich wie möglich, das ich zur garage möchte. Er übergeht meine frage: say a number from zearo tu thurty, sur. Pleez. »Zearo!« Die zahl versteht er besser als ein hund. Aber zu wissen ob sein meister hoch glücklich oder tief betrübt is, das weiss dann der hund wiederum besser. Nullter stock, bingo, garage.

Wie soll ich hier ein auto öffnen, das hab ich noch nie gemacht. Vielleicht kann ich ein paar kabel kurz schliessen, ich kann s versuchen, jedes mit jedem halt. Irgendwie muss es klappen. Das erste auto is offen. Is ja klar, wer wird schon in die garage der mafia eindringen und ihre autos klaun? Ich kann leider keine kabel finden. In der mitte is ein bildschirm. Er bittet mich um identifizierung. Mündlich und noch einmal schriftlich auf dem bildschirm. Auf spanisch und auf chinesisch. Richtig offiziell. Tasten seh ich keine, also sprech ich, ich brauch irgend ein namen.

»Al Capone.«

»Identifizieren Sie sich bitte.«

Der computer reagiert nich auf meine antwort, das heisst, er is taub. Er wiederholt die bitte. Es gibt keine tasten, nix. Ich taste alles ab, dann bittet er mich, die hand drauf zu lassen und zwar mindestens 5 sekunden. Ja, gut, wenn er sich dann besser fühlt. Aber er mag nich was er sieht. Ich bin ein unregistrierter, so komm ich mit ihm nicht ins geschäft. Netterweise fragt er mich, ob ich eine tastatur gebrauchen möchte. Ja, sag ich. Einfach so, straight. Das hat er verstanden und stellt mir eine tastatur auf dem bildschirm zur verfügung. Offensichtlich is er nich taub für das wort »ja«. Ich schreib ganz vorsichtig: »Sehn Sie, herr Auto, ich bin ein treuer mitarbeiter unseres chefs, das problem is, ich bin under-cover und kann und darf mich nich identifizieren. Ich hab s eilig, komm sei so nett und funktioniere für 10 minuten.«

»Die fahrt gehört ihnen, Herr Al Capone.«

Unglaublich. Das auto springt an, ich kann gasgeben, natürlich mit automatik das ding. Ein glück, weil am linken fuss hab ich nich viel. Ein glücksfall auch, das dieses auto solche menschlichen regungen hat. Ein bissi naiv, aber menschlich. Menschlicher als bei manchen menschen. Ein drittes glück is (oder ham wir schon das vierte?), das die strassen nich zugeschneit sind. Kommt hier bestimmt öfters vor. Die garagentür geht auf, und jetz sachte fahren. Ärgerlicherweise bleibt vor dem haupteingang alles zu. Die wächter schaun von ihren türmchen zu mir. Also das muss jetz schnell gehn. Etwas rückwärts, auf den rasen fahren für den anlauf und dann voll gegen das tor. Kattapimmmba! Das tor gibt nach, aber der schock war nich ganz unerheblich und mein airbag is aufgegangen. Ich kann kaum fahren, sehn noch kaumer. Schnell weg hier, die typen von den türmen schiessen schon wie besessen. Ausserdem sagt der autocomputer, ich soll anhalten, weil ich ein airbag vor der brust hab. Das weiss ich doch, an der nächsten ecke kann ich abbiegen. Ich halt an und versuch den airbag klein zu kriegen, das is wahrlich kein spass. Dafür bräucht ich ein spitzes objekt. Im handschuhfach liegt eine pistole, ich steig aus und schiess auf den airbag, aber das ganze auto wird zu asche. Ich muss mich sofort verstecken, die werden gleich kommen.

Ich geh so gut es geht, durch die strassen, und wenn ich motorenlärm hör, versteck ich mich. Nur einmal hat mich die besatzung von eim mafiawagen gesehn, die hab ich dann pulverisiert. Normal würd ich so was nie machen, aber was is hier schon normal? Die waren auch nich besonders nett zu mir. Es is immer noch früh, ich beiss mich durch die tür von eim laden und nehm das geld mit. Das geld heisst sudal, was recht komisch is, vor 6 monaten war das noch der peso und es war angeblich ziemlich stabil. Ich find die strasse, die mich aus der stadt führt.

Ein bus nimmt mich mit nach Rio Gallegos, durch Chile. Keine grenzkontrollen, schön. Südamerica wird sich einig. In Rio Gallegos nehm ich ein bus nach Buenos Aires, das sind ein paar kilometer, vielleicht wie von Lissabon nach Warschau. Im bus is es fürchterlich heiss, aber ich fühl mich sicher. Jeder sitz hat ein fernseher an der rücklehne. Ich schalt ihn nich ein, erstens will ich schlafen und zweitens kann ich ihn gar nich einschalten, nirgendwo sind tasten. So sind die argentinier, machen auf modern aber dann keine tasten.

Man fährt und fährt und fährt. Dazwischen die unendliche verschneite pampa. An und für sich gehört das nich zum club der 6 schönsten gegenden der welt, aber beachtlich is das schon. Das schlimmste is das man nirgendwo rauchen darf. Comodoro Rivadavia heisst die nächste stadt, dann kommt Trelew. Trelew is ein interessanter name. Patagonien auch. Dieses land heisst so, weil angeblich die spanier, als sie zum ersten mal da waren, grosse fussspuren im schnee gesehn ham, das waren halt breite schneeschuhe. Die spanier sind davon ausgegangen, das die eingeborenen riesen füsse ham müssten, und nannten sie, ohne sie je gesehn zu haben, patagones, also grosse pfoten.

Tagein, tagaus, der schnee wird weniger, bis er schliesslich ganz verschwindet. Eines tages wird es laut und ich erreich Buenos Aires. Ich war mal anfang der 80er jahre hier, die stadt is ganz anders geworden, sieht aus wie New York, ich mein, es war schon immer eine riesige stadt, aber die mediterrane gemütlichkeit is ziemlich dahin. Eine menge asiaten sind unterwegs, damals gab es überhaupt keine, aber sind das jetz japaner, chinesen oder brasilianer? Was noch mehr auffällt sind diese typen mit kopfhörern und mikro, die auf der strasse mit unsichtbaren leuten reden. Kaum hat man sich dran gewöhnt, das leute mit handys durch die stadt laufen, muss man sich gewöhnen, das die sprechenden nix mehr in der hand ham. Dafür aber manchmal ein helm auf dem kopf. Mit kopfhörern. Radfahrer ham das öfters, nich ganz unpraktisch wenn man zu zweit fährt, endlich kann man gemütlich miteinander reden ohne den stress, nebeneinander fahren zu müssen. Die argentinier sind wirklich voll auf science-fiction umgestiegen. Dabei waren sie bis vor ein paar jahren die reinsten nostalgiker. Der grösste bau in der stadt is kein bürohochhaus sondern ein buchstabe. Ein riesiges, gelbes, gebogenes M, das für eine fastfudkette wirbt, spannt sich über den ganzen hafen. Manche leute sind wirklich komisch angezogen. Leute, die wie Mozart ausschaun, manche wie menschen im mittelalter, manche wie die alten römer. Dabei is im oktober gar kein karneval. Und überall americanisches: McDonalds, Burger King, Kentucky Shried Ficken, sogar ein paar Bueno's Burger und ein McArgie's gibt s auch noch. Eine andre fastfud-kette is chinesisch, heisst Hu Did Dis Ting und macht furore mit seim mysteriösen namen. Und die hochhäuser, einige schaun so aus, als hätten sie über 100 stockwerke. Egal, ich muss jetzt schnell die brasilianische botschaft finden. Ich brauch ein pass. Später ein fuss. Und dann schnell weg hier. In einer zeitung war ein foto von mir, ich werd gesucht.

In der botschaft wird alles schwierig. Die bürokratie is ein absurdes fänomen, vor allem die brasilianische. Vielleicht is die bürokratie im Congo schlimmer, aber die kenn ich nich so gut. Ich erzähl, das ich im Feuerland ein unfall hatte und alles verloren hab, fuss inklusive. Für ein neuen pass wollen sie ein unfallbericht von der argentinischen polizei sehn und zwei ärztliche bescheinigungen, versicherungszugehörigkeit, usw. Hab ich alles nich, und ohne, so thay say, no way.

»Krieg ich wenigstens ein kaffee?«

»Ein kaffee kannst du gern ham.«

Immerhin ein kaffee. Man freut sich. Ich muss Iquat, meine freundin, in München anrufen, sie kann mir das zeug schicken.

»Kann ich hier telefonieren?«

Die dame macht ein leicht krummes gesicht mit einer prise unverständnis.

»Cê quer dizer *netar*?«

Ob ich *netar* mein, ich weiss nich was netar is. Das verb hab ich noch nie gehört. Weder hier noch in Mikronesien.

»Ich will nach Deutschland telefonieren, mit einer person in Deutschland sprechen.«

Das geht leider von der botschaft nich, darf man nich, ich muss eine öffentliche telefonzelle finden. Ich find zwar eine, aber da is leider kein hörer drin, die rowdys sind überall. Ich frag ein passanten, er sagt ich soll mir zuerst eine card besorgen. Dann find ich ein kiosk, aber die frau hat keine card. Sie meint, ich müsste doch eine ham. Wieso? Weil jeder eine hat. Und wenn nich, dann muss ich ein HT finden. Was is das schon wieder? Ein net für die hand. Ein net für die hand? Wieso sprechen die so komisch? Wo sind wir denn? Was ham diese argentinier? Drehn die jetz endgültig durch?

Ich werd mich evakuieren müssen und verschwind in eim café, meine gedanken ordnen. A in A und B in B. Wieso is alles so komisch? Was soll das, wieso kann ich nich mehr telefonieren? Woher kommen all die komisch angezogenen leute? Bin ich in einer parallelwelt gelandet oder was? Draussen steht ein riesen hochhaus. Wart, ich zähl mal, 1, 2, 3, 20, 50, 70, 90, 120 uuund 130. 130 stockwerke! Darüber müsst ich doch informiert sein, das grösste gebäude der welt steht in den USA und hat 110 stockwerke, und demnächst machen die asiaten ein paar richtige biggies fertig. Aber von Buenos Aires war noch nie die rede. Kann das sein, das ich länger weg war? Ich muss die bedienung fragen in welchem jahr wir uns befinden. Aber sie wird denken, ich will sie verarschen. Ich brauch eine zeitung.

»Habt ihr zufällig eine zeitung da?«

»Willst du eine argentinische oder ausländische?«

Sie hat mein akzent bemerkt.

»Welche zeitungen habt ihr sonst noch?«

»Von wo du willst.«

Brasilianische vielleicht, aber sicher keine deutschen. Oder?

»Habt ihr deutsche zeitungen?«

»Welche denn?«

»Die Süddeutsche Zeitung?«

»Wie schreibt man das?«

»S-ü-d-d-e-u-t-s-c-h-e-z-e-i-t-u-n-g.«

Sie antwortet mit »ja, die deutschen und ihre wörter« und schaut hinter der theke nach.

»Ham wir nich.«

Hab ich mir gleich gedacht. Aber sie bringt eine meilenlange liste mit deutschen zeitungen. Nach städten geordnet. Aus München gibt s The South German, Evening News, TZ, Münchner Merkur. South German ...?

»Gib mir The South German.«

»Alles klar, dauert aber 3 minuten, das is eine alte maschine.«

»Was meinst du damit?«

»Der druck dauert halt etwas länger, weil die maschine alt is. Alt, also nich neu.«

Danke für den alles aufklärenden letzten satz. Sie wird die zeitung drucken. Hätt ich mir denken können. Die zeitung is im din a4-format wie eine zeitschrift. Die adresse is die gleiche wie bei der Süddeutschen –? Und das datum: 18.10.2019. Zweitausendneunzehn! Ja logisch! Klar. Oder was is klar, mann!!!??? Das is überhaupt nich klar! Ich war mehr als 20 jahre weg und komm noch dazu in eim jahr zurück, dem ich nix zugetraut hätte? Was soll da klar sein??? Ich soll 21 jahre auf diesem schlammigen planeten verbracht haben? Nein. Natürlich nich. Die lichtgeschwindigkeit. Wenn man so schnell wie das licht fliegt, wird die zeit für ein selber langsamer als für die leute am ausgangspunkt. Man fliegt mit lichtgeschwindigkeit, aber die andren, die langsam sind, sind schneller. Blöd. Es is alles anders nich weil ich mich in Argentinien befinde, sondern weil ich 21 jahre von meiner zeit weg bin! Ich muss der bedienung noch was sagen:

»Tres tequilas!«

Ham sie nich. Is ja auch nich Mexiko hier. But a moment pleez, wir sind doch im jahr 2019, von dem kann man schon verlangen, das es alles anbietet. Gut, ich kann also zwischen wisky, sake, cachaça, wodka, rum, gin, braco und östreichischem obstler wählen. Caipirinha ham die in einigen variationen, zum beispiel caipiroska (mit wodka), caipi-ling (mit chinesischem lycheeschnaps), caipiwisky (schottisch) und kaipinaps (mit deutschem schnaps).

Aber kein tequila.

2019. Wahrscheinlich ham die mich in München und Brasilien längst vergessen.

Ich bestell ein braco, noch nie gehört. Der schmeckt so, als wär er aus schwefelsäure hergestellt. Dann doch lieber ein östreichischen obstler. Und noch eine zigarette. Wenn das alles ein traum is, dann dauert er verdammt lang. Und wenn ich mich an der hüfte zwick, um zu sehn ob ich träume, fühl ich ein kleinen schmerz, hallo schmerz, also die realitätsebene hat sich nich drastisch verändert.

Was in der zeitung steht? Die FDP schlägt vor, die regierung zu privatisieren. Die andren partein sind nich einverstanden, und ein kommentator meint, der grund is die angst. Weil dann nich mehr der staat, sondern die partein, als firmen, für ihre fehler und die verluste des staates aufkommen müssten. Schade, es wär doch nett: CDU AG, SPD GmbH, usw. Die Grünen mischen immer noch mit, dazu sind jetz die Blauen gekommen. Die Blauen meinen, man muss dringend alles ändern, wissen aber nich genau was und wohin, man muss halt probieren, sie wollen sozusagen ins blaue ändern. Daimler-Benz is auch eine partei geworden, fast schon die zweitstärkste, die PDS is die viertstärkste, auch im westen, weil der kommunismus wieder voll im kommen is. Viele arbeitslose wählen PDS, und davon gibt s immer mehr.

Im sportteil les ich, das die Bayern wieder den titel gewonnen ham (wobei der trainer Tolsakow viel geschimpft hat, weil sie nur knapp gewonnen ham). Aber moment mal! Warum schreiben die so anders? Das gehörte doch nich zu der reform, die sie ende der 90er jahre beschlossen hatten. Das is doch viel mehr.

Ich les weiter, das sind ja *meine vorschläge!* Nich alle, aber viele! Also, wenn di so shreiben, shreib ich auch so. Endlich ham di deutshen kulturpolitiker eingeseen, das eine reform, di vereinfachen soll, vereinfachen muss. Im münchner teil beshweren sich di taxifarer wider. Der eine sagt, vor 10 oder 20 jaren ging das geshäft noch. Dabei kann ich mich gut erinnern wi si damals geshimpft ham, als ich taxifarer war. Seit ewigkeiten sind di guten alten zeiten besser. Aber keiner get zurük.

Eine internazionale konferenz hat vor 2 jaren beshlossen, das di menshenrechte auch für di grossen menshenaffen gültig sein sollen, und ein artikel beklagt, das sich di meisten länder nich dran halten. Das is shwirig zu kontroliren, weil di gorillas, shimpansen und orangutans keine anzeige erstatten können. Manche böse zunge spöttelt shon, si sind mündig, aber nich sprechig ...

Sogar ein espresso wird hir mit kreditkarte bezalt. Am kiosk hat ein kunde sein finger kurz auf einer glasfläche gelassen. Als bezalung. Bargeld gibt s auch noch, Gott sei dank. 2019. Hat sich eigentlich weniger geändert als ich gedacht hab, für 2019 hatte ich mir vil mer modernitäten vorgestellt. Alles am fligen, alles per tastendruk. Zak zak peng peng.

Ich find ein hotel, im zimmer gibt s ein kompiuter aber kein telefon. Doch doch, sagt der rezepzionist. Ich erzäl ihm, das ich aus dem Amazonas komm, da wird der argentinier verständnis ham, das ich null anung hab. Si nennen uns brasilianer »los monos«, di affen. Er erklärt mir: Telefoniren tut man am kompi, und es heisst nich telefoniren sondern *netar*, auf deutsh vileicht *netten*. Das probleem is, das ich nich registrirt bin. Eine kard hab ich auch nich. O.K., mit etwas gutem willen get alles. Er übernimmt di rechnung und lässt sich von mir bar auszalen. Ein simpatisher mitdreissiger, mit eim leichten spek an den baken, krause hare, vileicht sizilianishe eltern. No probleem, sör. Da sit man s deutlich, Argentinien is gar nich so shlimm wi sein ruf, nette leute kann man hir genauso gut finden wi woanders. Ich ruf bei Iquat und bei freunden an, da get nix, das sind alles keine telefonnummern mer. Es tuut sich überhaupt nix. Der rezepzionist muss mich sozusagen an der hand füren. Also shon ganz nett diser rezepzionist. Danke, ser geerter Herr Rezepzionist! Am shluss krig ich di nummer von der auskunft. Haleluia! Gottseidank is si nich in di Bahamas umgezogen. Ich mein Iquat, meine freundin, nich di auskunft.

»Watanabe.«

Der bildshirm zeigt weiterhin zalen. Könnt ja ein videofon sein. Is es aber nich. Shade. Wenn si mich sen würde!

»Halo. Ich bin s.«

»Wer is da?«

Naja, normalerweise erkennt jedes kind sofort meine stimme. Es gibt metallishe stimmen, hölzerne stimmen, manche fraun ham kuchige stimmen (wi ein kuchen klingend), aber stimmen, di wi stiropor klingen, wi di meinige, gibt s eer selten. Trozdeem, nach 21 jaren rechnet man nich unbedingt mer damit.

»Dreimal darfst du raten.«

»Pé, bist du s?«

Gar nich shlecht, nach 21 jaren.

»Ja wer sonst.«

Ich versuch den eindruk von normalität zu geben.

»Und? Get s dir gut?«

»Get shon.«

»Was brauchst du?«

Wiso was brauch ich? Wi redet si mit mir? Ich bin 21 jare wek und si redet mit mir als wär ich mal kurz um di eke gegangen? Da is was faul! Oder bin ich doch nich im jar 2019?

»Was für ein jar ham wir jez?«

»Was meinst du mit was für ein jar ham wir jez?«

»Sind wir im jar 2019?«

»Ja was sonst?«

»Shön, deine stimme wider zu hören!«

»Was is mit dir los?«

Si sheint mich gar nich zu vermissen. Ich weiss wirklich nich was ich sagen soll. Vileicht, das si mir mein pass nach Buenos Aires shiken soll.

»Du, ich bin in Buenos Aires und hab kein müden ausweis bei mir. Kannst du mir mein pass shiken?«

»Du bist in Buenos Aires?«

»Ja, Buenos Aires, Argentinien.«

»In Buenos Aires«, sagt si ungläubig.

»Ja, du, das is eine lange geshichte und ich erzäl dir alles wenn ich zurük bin.«

»Und warum hast du den pass nich dabei?«

»Ja ich sag dir, das is eine lange geshichte, und ich weiss gar nich ob du si mir glauben wirst. Auf alle fälle brauch ich mein pass, sonst kann ich hir nich raus. Und wenn s get bitte shnell, di polizei und di mafia sind hinter mir her. Du musst nur in meine wonung gen ... – hab ich noch eine wonung?«

»Sag mal, was is mit dir los?«

»Hab ich noch eine wonung oder nich? Nein, warsheinlich nich, wer würd di ganzen jare di mite zalen? Aber wenn nich, hast du meine papire?«

»Nein«, sagt si mit eim seufzer, »ich hab dir deine papire hingebracht, den rest hast du mitgenommen, nem ich mal an.«

»Ich hab nix. Wi sollt ich meine papire mitgenommen ham, ich bin von eim ufo entfürt worden!«

»Von eim ufo entfürt worden.«

»Ich mach doch keine wize, mein Gott.«

...

»Also hör mal zu. Ich bin vershwunden, also konnt ich keine mite zalen. Jemand muss meine wonung aufgeräumt und das ganze zeug in irgend ein keller gebracht oder wek geshmissen ham, oder? Wer hat das gemacht?«

»Ich hab das gemacht, aber di wichtigen dinge hab ich alle zu dir nach Stammheim gebracht.«

»Stammheim?«

»Ja, Stammheim ...«

Si seufzt shon wider.

»In Stammheim, wo der knast is?«

»Ja …«

»Wiso nach Stammheim?«

»Ach jez hör shon auf. Hast du gesoffen oder was?«

»Iquat, bitte, ich muss genau wissen, was hab *ich* mit Stammheim zu tun?«

»Also, jez reicht s. Ich hab echt zu tun. Shlaf dein raush aus und ruf morgen wider an.«

Si legt auf. Das gibt s ja nich. Ich ruf wider an, si get nich ran. Stammheim? Was soll das shon wider? Ich sitz hir in Buenos Aires, one fuss und one pass, und meine freundin glaubt, ich bin in Stammheim und weigert sich, mir mein pass zu shiken. Si hat mein pass gar nich. Mein pass is bei mir, in Stammheim, wo ich doch ni in Stammheim war! Das kann eigentlich nur eins heissen: ich befind mich in einer paraleelwelt, vileicht einer antiwelt aus antimaterie, oder in einem traum, aus dem ich nich aufwachen kann, oder, oder, oder. Ich shlaf nach vilen fragen one antwort ein und träum, das ich ein berufskiller in Norwegen bin und den auftrag hab, ein dakel abzuknallen. Dreem, man, dreem … oder drømm, mann, drømm …

Am näxten morgen mach ich mich auf di suche nach eim falshen pass. Nach einigen tagen und vilen fragen find ich den richtigen mann, Gott sei dank hat er mit der Mafia von Ushuaia nix zu tun. Er will keine papire sen, anders als di leute in der botshaft, und er is shneller als si. Jeder sollte sein pass bei eim fälsher machen lassen. Zum ersten mal in meim leben hab ich ein deutshen pass. So was würd mir weder di brasilianishe noch di deutshe botshaft besorgen. Jez heiss ich Heinrich Schnabelmüller. Is ein bissi gewagt vom fälsher. Könnt auffallen.

Ich se zimlich oft behinderte auf motorisirten rollstülen, di sind inzwishen gut shnell. Aber vileicht sind es gar keine behinderten, di da faren. Es gibt auch motorisirte roller-skets. Mit den skets würd ich nich weit kommen, bei eim felenden fuss. Ausserdeem gibt s motorisirte farräder. Gute idee, aber das gab s in den neunziger jaren auch. Sogar shon etwas früer. Wi auch immer, mit so eim rollstul nach Sao Paulo zu faren, das wär doch was. Andrerseits sollt ich möglichst unauffällig reisen. Also mit der färe über den Rio de la Plata und dann weiter mit dem buss. Von der färe aus se ich eine irrsinnig lange brüke. Der dike mann mit hut und brille erzält, das das di brüke is, di Buenos Aires mit Uruguay verbindet. 45 kilometer. Er erwekt so den eindruk als wüsste er mer. Also noch eine frage. Wo is di längste brüke der welt? Nein, so vil weiss er nich. Man plant eine brüke über di Aleuten. Shön, dann kann ich nach Europa faren und muss nich mer fligen. Ich mag nich fligen. Oder sagen wir, ich mag nich gern geflogen werden. In Montevideo is der bussbanhof neben dem banbanhof, und ich könnt doch ein zug nach norden nemen. Wenn ich glük hab und ein leres abteil erwish, kann ich das fenster aufmachen und muss nich so shwizen.

Also zug. Ich nem eine zeitung mit, ich werd zeit zum lesen ham. Es gibt ein krig zwishen Iran und Afganistan. Im Iran is di regirung immer weltlicher geworden, obwol si sich weiterhin als religiös bezeichnet. Di wahren fundamentalisten versuchen, di regirung zu stürzen, und Afganistan hilft mit. Di iranishe regirung is sauer. Ein eigenartiger krig is zwishen Australien und Papua New Guinea entbrannt. Zuvile gruppen ham in Papua New Guinea um di macht gekämpft, di massaker sind immer häufiger geworden, bis Australien intervenirt hat, um noch mer blutvergiessen zu vermeiden. Jez ham di australier alle gruppen vereint gegen sich. Flugzeuge und panzer ham werbeaufkleber drauf, für grosse multis. Di australishen soldaten werden von Benetton gesponsert. Hätt ich mir denken können. Ja, di multis. Di Leipziger Bank hat übernacht di Slovakei verlassen und si praktish in 5 tagen ausgehungert. Wörtlich. The new times asked for new draggens! Welche drachengruppe wird gewinnen, di des states, der teoretish das volk repräsentirt, oder di der multis, di das volk nich repräsentirt aber gern seine wünshe aus den augen liest? Vorausgesezt es zalt?

Wirtshaftliche krisen, aber in Deutshland is di arbeitslosigkeit gering, weil di meisten menschen gezwungen werden, ire arbeit als unternemer zu verkaufen. Also statt arbeitslose gibt s auftragslose unternemer. So um di 30%. Solange es nich 51% sind, wird di welt so weiter gen wi bis jez. Dann werden sich di regirungen stark ändern wollen, di frage is nur, ob si dann noch was zu sagen ham werden. China drot Frankreich mit wirtshaftlichen sankzionen, eventuell sogar mit militärishen, USA und China zeigen sich dauernd di zäne. Ja, China muss jez um einiges wichtiger geworden sein, is klar. Di chinesen hatten eine unbändige lust, der welt mal zu zeigen, nich nur wivil, sondern auch wer si sind. Ein shreiber meint, es brechen zeiten an, in denen man sich nach der vorherrshaft der kaugummikauenden americaner senen wird. Auch Microsoft und Zhin Hua füren krig. Der wird nich mit flugzeugen und panzern ausgetragen, aber man hat den eindruk das es bald so sein könnte. Andrerseits sind einige grosse firmen von der bildfläche vershwunden. Vile fusionen, vile joint-venturs. Mir persönlich wären joint-advennturs liber. Haha.

Ein neuer multi, der shit heisst und nur nonsens auf den markt bringt, hat ein bangi-jamping erfunden, das nach den prinzipien des russishen rulette funkzionirt. Das gesundheitsamt klagt. Di regirung hofft, di justiz lässt sich mit dem fall zeit, gut, es sind shon verluste in der bevölkerung zu beklagen, aber es wird tatsächlich etwas zu eng bei uns momentan.

Das man Brasilien erreicht hat, merkt man an der sprache, di portugisish is, also wenn man das noch portugisish nennen kann. Das geld heisst sudal, in ganz Südamerica. Sauber. In Bagé muss ich umsteigen. Der zug färt erst morgen um 12:30 ur los. Am näxten tag ge ich shon eine halbe stunde früer hin, damit nix shif get, und was se ich? Den zug, der grade wek färt! In der richtigen richtung! Ich ge zu eim banbeamten, der hart kämpft, um seine augen offen zu halten:

»Sag mal, wo is diser zug hingefaren?«

»Nach Porto Alegre.«

»Und du erzälst mir das als wär nix gewesen? Auf meim tiket stet 12:30 ur, und der färt um 12:00 ur los?«

»Keine sorge. Der zug, der grade wek gefaren is, is der zug, der gestern um 12:30 ur los faren sollte.«

Verstee. Brasilien hat di eisenban immer zimlich stifmütterlich behandelt, aber das es 20 jare nach der jartausendwende immer noch so is, naja, das wundert mich auch nich. Ich ge am näxten tag hin, um den zug von gestern zu erwishen, leider is der shon gestern abend los gefaren. Ich bleib jez am banhof, bis der näxte zug färt. Di ban is ungünstig, dauert länger, dafür muss ich nich in der hize leiden. Also ich empfind bei 0° was du bei 30° empfindest, aber nach unten fül ich mich eine lange zeit zimlich wol, und ob ich bei –150° frir, weiss ich nich, da war ich noch nich.

Der zug nach Porto Alegre is alt, so ein zug war shon alt zu meinen zeiten. Präkambium oder plästo- wi war das noch? Also, very old indeed. Es gibt kein leres abteil, so muss ich mich zu jemandem sezen. In eim abteil sitzt eine frau alein, si gefällt meinen augen, di grade nich ser anspruchsvoll sind. Dise frau würd aber genauso gut ein test besteen, in dem meine augen vor aroganz und wälerishkeit nur so stralen würden. Klar, nich einmal anmachen kann ich si, one fuss, shwizend und warsheinlich stinkend. Der fuss, der übrig gebliben is und wegen dem felenden andren überstunden machen muss, der is shöngeformt, gute textur, exzelente farbe, also 1A, nur, di leute sen das nich, di shaun immer auf den felenden. Ausserdeem hab ich keine lust zu reden und angeredet zu werden. Muss ich mir in dem fall keine sorgen machen. Von normalen menshen wird man dauernd angeredet, aber ni von gutausseenden fraun. Da hat man endlich sein friden. Leider.

Ich sag nix, und von irer seite kommt reichlich wenig gespräch, si liest ein buch. Ich far in di richtige richtung, mir kann nix mer passiren, es is warm und der zug shaukelt gemütlich vor sich hin, und ich shlaf bald ein ...

Ich wach in eim städtchen auf, das Peidouleitor? Foilachecar, é? heisst, vermutlich di einzige stadt der welt, deren name 2 fragezeichen und ein komma beinhaltet. Si liest weiter und lächelt immer wider, einmal hat si ein kurzen lachanfall, das is wirklich köstlich, das macht mir enorm spass, si zu sen, wi s ir spass macht, si shaut zum fenster raus weil es ir peinlich wird. Selbstverständlich is das lächerlich, aber jeder oder fast jeder shämt sich, wenn er alein in der öffentlichkeit lacht, es is so, als würd man mit sich sprechen. Ich sprech gern mit mir, auch auf der strasse, wenn si ler is. Dann komm ich um eine eke, ein passant kommt mir entgegen, der bestimmt mein gespräch gehört hat, oder jemand lent sich zum fenster raus, den ich nich geseen hab. Ja, dann gleich mit leiser stimme zu singen anfangen, um den eindruk zu erweken, das man di ganze zeit nur gesungen hat. Das man auf der strasse singt, halten di leute auch nich für normal, aber normaler als wenn man mit sich selber spricht. Am auffälligsten is man, wenn man laut singt, gleichzeitig pfeift und sich dabei auszit.

Ja, das muss ein lustiges buch sein, das si da liest. Wenn ich vor ir sitzen würde, könnt ich vileicht den tittel lesen. Egal, ich versuch wider einzushlafen aber di hize im zug is unerträglich. Sogar di frau shwizt. Dann liest si das buch zu ende, betrachtet den umshlag, und da trifft mich der shlag. Si liest mein buch! Der umshlag sit etwas anders aus, aber ich hab den tittel ganz deutlich gelesen, es is mein buch »fom winde ferfeelt«. Auf deutsh, hir mitten in der pampa, wo der Judas seine stifel verloren hat! Ja das is ja vom geier! Ich bin ganz aufgereegt, si kann bestimmt mer über mich erzälen. Es gibt mein buch noch, es is nich eingestampft worden nach all den jaren. Ich muss si ansprechen. Gleich auf deutsh.

»Was für ein buch is das?«

Zuerst eine kleine überrashung in iren augen. In Südbrasilien macht di deutshstämmige bevölkerung stellenweise sogar di halbe bevölkerung aus, aber di meisten können kein deutsh oder es is eine mishung aus pidgin-deutsh mit pidgin-brasilianish.

»Das is ›fom winde ferfeelt‹«.

»Is das gut?«

»Kennst du das buch ›fom winde ferfeelt‹ nich?«

Si is überrasht. Mein buch is ansheinend zimlich bekannt geworden, aber wiso? Und warum hat Iquat gesagt, ich stek in Stammheim? Kann das sein, das di 2 sachen zusammenhängen? Wenn ich in den knast gekommen bin weil ich di deutshe sprache angegriffen hab, dann würd man nich ultradoitsh shreiben und das buch wär verboten. Das passt alles nich zusammen. Ich erzäl ir das alte märchen, das ich aus dem Amazonas komm. Si wird verständnisvoller und gesprächiger. Si spricht ein bissi wi di leute hir, also ir deutsh hat keine brasilianishen wörter, klingt aber etwas altertümlich. Auf alle fälle langsam.

Manche deutshe in den slavishen ländern sprechen so änlich. Aber si sagt, si is deutshe. Vileicht klingt das heutige deutsh wider mal altertümlich?

»›fom winde ferfeelt‹ is ein klassiker! Es hat di deutshe sprache verändert, heuzutage is di rechtshreibung vil einfacher als früer, wegen disem buch.«

»Und wi heisst der autor?«

»Pé du Jazz. Du hast wol noch ni was von Pé du Jazz gehört, oder?«

»Nein.«

»Er hat dises buch 1995 geshriben. Es hat sich nich so gut verkauft, wi er es sich gewünsht hatte. Nach 2 jaren war er so verzweifelt, das er ein berümten kritiker entfürt hat, sein name war Marshel Rauch-Rampenliczki. Bei der entfürung is der kritiker vershwunden. Nimand weiss so richtig, was damals passirt is, auf alle fälle is das gericht zu dem shluss gekommen, das der Pé du Jazz ihn ermordet hat. Er hat zwar immer bestritten, shuldig zu sein, aber es hat nix genüzt. Einige wichtige shriftsteller waren ihm ser dankbar, weil si den kritiker nich mochten, und si ham für seine freilassung gekämpft. Fast jeder hat das buch gelesen, manche leute fingen an, wunschdeutsch zu shreiben, bis es irgendwann di merheit war. Allmälich ham dann auch di normalen menshen und di medien angefangen, so zu shreiben. Und shon in den nuller jaren hat di merheit wunschdeutsch geshriben.«

»Nuller jare?«

»Ja, von 2000 bis 2010.«

»Und wann is es ofiziell geworden?«

»Es is ni ofiziell geworden, aber di ortografi vom lezten jarhundert war ofiziell veraltet und nach der ofiziellen reform wollte keiner shreiben. Ältere leute shreiben oft noch nach den alten regeln, aber di meisten nach wunschdeutsch.«

»Wunschdeutsch?«

»Das is di ortografi, di sich di deutshen wünshen. Der Pé du Jazz hat damals in seinen lesungen abstimmungen gemacht und festgestellt, das di leute nich für sein ganzes ultradoitsh waren, sondern nur für ungefär di hälfte der änderungen. Dises deutsh hat er dann wunschdeutsch genannt.«

»Und was is danach mit dem Pé du Jazz passirt?«

»Der sitzt noch in Stammheim.«

Jez is mir alles klar. Klar und natürlich absurd. Wi kann ein ganzes land di rechtshreibung von jemandem übernemen, der wegen mord im knast sitzt? Das is doch nich normal. Auf alle fälle is das noch ni vorher passirt.

»Sag mal, wi heisst du?«

Di heizung is aus, hab ich grade gechekt. Und das fenster auf. Trozdeem, di hize macht mich fertig.

»Ich? Nane.«

Ja, und dann fragt si nich zurük. Ich müsst was sagen, aber zu dem namen fällt mir leider nix ein. Wenn mir ein name gefällt, sag ich s, nur, den namen find ich nich so besonders. Zwar nich hässlich aber den wettbewerb für Miss Name würd si nich gewinnen, wenn ich da juror wär. Nett find ich an ir, das si bis jez kein einziges mal telefonirt hat. Vileicht hat si nich einmal ein händi, oder ein bändi. Fändi nich shlimm.

Andrerseits, wer nich zurük fragt, will warsheinlich das gespräch nich unbedingt weiter füren.

»Und wi heisst du?«

Ah doch. Hat aber lang überlegen müssen, also ganz sicher is si nich. Gut, so kann s wenigstens weiter gen. Wo si her kommt, was si macht. Si verbringt iren urlaub in disem randgebit der Erde ... Was si macht? Si arbeitet als sozialberaterin in eim katolishen gemeindezentrum in München. Si is so ein mensh, der seine grosse freude daran hat, andren zu helfen, aber es nich in alle 4 winde hinausposaunt. Und äusserst selten ein orden erhält. Di stillen helden der stadt. Klingt nich besonders spannend, andrerseits sind fraun, di bei der feuerweer arbeiten, äusserst selten. Ich bin mir nich einmal sicher, das ich gern was mit einer frau zu tun hätte, die bei der feuerweer arbeiten würde. Und das es noch katoliken im jar 2019 gibt, wundert mich shon ein bissi. Man fragt sich shon wi lang es noch katoliken geben wird. Wird es katoliken im jar 3019 geben? Oder im jar eine milion und sexhundert? Ich mein, da is sicher eine ganze menge gesheen und vergangen …

Jez is si auf urlaub und isst grade ein sändwich, und mir wird bewusst, das ich hunger hab. Ich ge in den washraum und ess den wasserhan. Metall, so, pur, get shon. Hat meine mutter shon früer immer gesagt, junge, du musst mer eisen essen. Ich sez mich wider in di kabine und si fragt weiter.

»Bist du deutshbrasilianer?«

»Nein. Ich hab litauishe, deutshe und russishe vorfaren, aber das is shon ser lange her, das si nach Brasilien gekommen sind. Ich bin hir geboren und aufgewaxen und nur weil di grosseltern von meiner oma deutshe waren, nennt man mich in Deutshland ein deutshbrasilianer, wärend man di kinder von gastarbeitern, di ni ein andres land ausser Deutshland geseen ham, türken oder grichen nennt.«

»Ja, aber vile nennen sich doch deutshe hir, oder?«

»Gut, aber das is keine nazionalität, das is ein adiektiv. Si sind brasilianer, und brasilianer können vile eigenshaften ham, wi dünn oder rotharig, und eine davon is deutsh. Und was sich da alles deutsh nennt: ich kenn ein alten mann, der im rumänishen hinterland geboren und mit 10 jaren nach Brasilien gekommen is, seit 70 jaren hir lebt und stolz is, ein deutsher zu sein.«

Der zug is alt aber nich telefonlos. Netlos. Das heisst, an der wand is so ein komishes gerät. Nane erklärt mir wi das mit dem fernseen get, man muss auf den bildshirm drüken. Dann eine tastatur verlangen. Get aber nur mit kard. Si is so nett und leit mir ire aus. Ich versuch, di nummer von meinen eltern in Sao Paulo zu finden, di auskunft weiss von nix. Nane erklärt mir, das ich so nimand finden kann. Jez gibt s worldnames, und di adressen sind nach dem SOS, Super Orientation Sistem geordnet, das von eim deutshbrasilianer namens Köhler erfunden wurde. Das alles hat in Tokio angefangen. Solange si starke familienbindungen hatten und ire freunde freunde fürs leben waren, wussten si wo si di wichtigen leute finden, sogar mit dem absurdesten adressensisteem des universums. Aber je grösser di mobilität wurde, desto mer sind dise bindungen zerbrökelt und si mussten dauernd neue leute in dem labirint suchen. Da sind si auf das neue adressensisteem gekommen, das auch ein orientirungssisteem is. Man teilt di stadt in 12 vershidene richtungen, wi bei einer ur. Dann gibt man di distanz vom zentrum in 100 metern an, also 42 sind 4,2 kilometer. Dazu noch wivil hundert meter di kreuzung »später« is als di runde urzeit. Das heisst, jede kreuzung hat ein shild, das nach norden zeigt (damit man weiss, wi man seine innere ur halten muss – der norden is 12 ur), ein shild, das zum zentrum zeigt, und eine nummer, durch di man genau weiss, wo man sich befindet, in welchem zwölftel, in welche richtung man gen muss, und wi weit di gesuchte adresse is. Meine »bezugskreuzung« in München heisst 5.28+9, also richtung 5 ur, 2,8 km vom Marienplaz, 900 m von der 5-ur-axe entfernt. Di adressen sind ser kurz geworden. Wenn man ein kuvär adressirt, dann alles auf einer zeile: meine adresse in München, wenn ich noch eine hätte, müsste ungefär DB5.28+9TL117PDJ heissen. D für Deutshland, B für Beiern (wenn sonst kein buchstabe mer kommt, is es di grösste stadt, also München) dann di posizion, der abgekürzte strassenname, hausnummer und di abkürzung meines namens. Worldnames sind einzigartig, es gibt kein mensh auf der welt mit dem gleichen worldname, und sind eigentlich ganz einfach: stadtkod, geburtsdatum, namensinizialen. Wer in Tübingen am 20.7.83 geboren is und Franz Detlev Mayer heisst, hat den worldname DWT20783FDM.

Nich überall is es so, einige länder wollen das sisteem noch einfüren, andre denken gar nich daran. Es wird aber immer shwiriger, sich nich daran zu beteiligen. Di welt degradirt immer mer zu eim zalenhaufen. Man könnt doch adressen richtig poetish machen. Wer an mich ein brif shiken möchte, müsste shreiben: an den dichter, der vor seim fenster ein grossen birnbaum sen kann, der in der näe des stadions einer kleinen heldenhaften mannshaft stet, in der stadt wo das bir fliesst wi ambrosia im Olymp. Oder wenn es an jemand anders wär: an den klempner, der weit entfernt des birnbaums wont, der in der näe des stadions stet, usw. Di leute würden sich freun, wenigstens ein alljärlichen besuch des brifträgers erleben zu dürfen.

Auch wenn ich jez endlich weiss wi ich meine eltern im net suchen muss, find ich si nich. Sind si tot? Im altersheim? Oder sind si gar nich ans net angeshlossen? Oder beides? Ich weiss si würden keine lust ham, im net zu sörfen, aber angeshlossen wird doch heutzutage jeder sein. Ich muss wenigstens irgendein alten freund finden. Leider weiss ich seine geburtsdaten nich. Das is triki. Jeder muss sein geburtsdatum preisgeben. Und das is für vile bestimmt unangeneem. Gut, meine eltern ham solche sorgen sicher nich. Ich kann höxtens dorthin gen, wo si wonen oder gewont ham, vileicht find ich was.

Rauchen darf man im zug nich, dabei hab ich früer immer di brasilianishe toleranz geprisen. Auch in disem punkt hab ich mich geirrt: ich war nich in eim andren land, sondern in einer andren zeit.

In Porto Alegre steigen wir zusammen aus. Hir bin ich geboren, hir hab ich meine früe kindheit verbracht. Einige verwante wonen in diser stadt, di muss ich suchen, si können mir bestimmt weiter helfen. Vileicht kann uns einer von inen auch unterbringen. Ich weiss nur nich wi wir mit ban und buss hinkommen sollen, aber Nane weiss besheid, obwol si ni hir war. Ich brauch nur di strasse sagen, wir finden si auf einer karte, di u-ban und später der buss ham lauter zalen, das genügt ir. Im buss is es unangeneem, er is voll und ich hab nur ein fuss. Ich muss di krüken halten, also hab ich keine hände mer frei, um mich woanders festzuhalten.

Der erste versuch get in di hose, di leute wonen nich mer da, wo si früer gewont ham. Hir sten wir nu, sind hungrig und si shlägt vor, das wir in den supermarkt um di eke gen und was essbares kaufen. Der supermarkt is gross, von der fläche her entspricht er ungefär der Bretagne.

»Ausser dem wetter hat Deutshland shon mer vorteile als Brasilien, aber wenigstens beim einkaufen ham wir di nase vorn. Bei uns sind di shlangen selten. Oft 200 kassen und 150 davon sind besezt. In Deutshland ham di supermärkte 4 kassen und eine is besezt, wenn man glük hat.«

»Meinst du?«

»Ja, mein ich.«

Nein, wir betreten den moloch, es sind 500 kassen, keine is besezt. Di leute kommen trozdeem durch. Si »zeigen« di ware der automatishen kasse, steken dann di kard in ein shliz und fertig.

»Das di leute so erlich geworden sind … di könnten ja leicht an der kasse vorbei gen und vershwinden …«

»Das get nich. Wenn man an der kasse eine ware nich zeigt, get der boden auf, der kunde fällt 4 meter in di tife und muss warten bis krankenwagen und polizei kommen.«

»4 meter? Das is aber vil!«

»Ja, deshalb sind di leute erlich. In China sind si noch erlicher.«

»Wiso?«

»Unten gibt s eine selbstshussanlage.«

Im innern des supermarkts sten infokompis di man fragen kann, wo di muskatnuss is. Andre sachen natürlich auch. Genausogut kann man sich über das kinoprogramm in Sidny oder Kairo informiren, ich weiss nur nich wozu. Es gibt motorisirte shweinchen, mit eim korb hinten, für di einkäufe. Der kunde reitet heldenhaft vorn. Können immer noch keine rakete baun, di einen zum Jupiter bringt, dafür motorisirte shweinchen. Und ich muss mir von einer ausländerin erklären lassen, wi alles get. In meiner heimatstadt.

Heimat is nich drei-, sondern virdimensional. Si is nich nur der ort, sondern auch di zeit, in der ich geboren bin. So geseen sind alle menshen heimatlos. Wir gen zu eim park in der näe für ein piknik. Also heimatlos aber wenigstens nich pikniklos. Ich muss ir noch von eim andren vorteil Brasiliens erzälen.

»Im supermarkt get s shneller und wir ham hir puzfraun. Jeder haushalt hat hir eine puzfrau. Sogar di puzfraun ham puzfraun, obwol, das möcht ich auch nich sein, puzfrau von einer puzfrau.«

»Habt ir noch puzfraun?«

»Wiso nich?«

»Und di hausgeräte, was machen di?«

Was weiss ich. Früer ham wir auf alle fälle puzfraun gehabt.

»Sag mal, is es dir nich zu kalt für ein piknik? Wivil grad shäzt du ham wir denn?«

»Im banhof stand ein termometer, da waren es –9°.«

»Das wird kaputt gewesen sein. Unter null kommt hir manchmal vor, aber –9, das glaub ich nich. Wir sind doch hir nich in der tundra.«

»Auch mit ›el grande‹ nich?«

»El grande? Was is denn das?«

»Du hast noch ni von el grande gehört?«

»Was is denn el grande?«

»Das is ein destabilisirender wetterfaktor. Früer hat man ihn ›el niño‹ genannt, *das kind*, aber er is immer grösser und widersprüchlicher geworden.«

»Sag mal, willst du nich nach Sao Paulo mit kommen? Da bin ich zuhause, da hab ich vile freunde.«

»Ich hab gehört das di stadt nich besonders shön sein soll. Ich würd liber zu eim strand faren.«

»Du, di strände hir im süden sind zimlich kalt momentan. Am besten du färst nach Sao Paulo und dann weiter nach norden, da sind di strände immer warm.«

»Hmm.«

Si klingt nich so richtig begeistert. »Hmm« is nur positiv gemeint, wenn man ein duftendes gericht vor der nase hat. Ich wär auch nich begeistert, di hize is eine grausame vorstellung. Aber si wird doch keine probleme mit der hize ham. Si is deutsh, anderseits is si nich von ufos entfürt worden. Das wär interessant zu wissen: wenn es eim brasilianer, der von einer ufo-entfürung zurükkommt, ab –150° abwärts kül wird, wivil grad minus muss ein von ufos entfürter deutsher spüren, damit es für ihn ungemütlich wird?

Wir versuchen noch, ein andren verwandten zu finden, aber di leute sind alle vershwunden, und ich kenn ire geburtsdaten nich. Wir faren zum bussbanhof, si wird mit mir nach Sao Paulo kommen. Ich will kein brasilianishen zug mer, allmälich werd ich ungeduldig. Wir kaufen di bussfarkarten und ham noch 50 minuten. Ja, ich ge aufs klo. Ich komm wider raus und si is wek. Zuerst wart ich an ort und stelle, dann such ich im ganzen banhof, keine spur von der frau. Der buss färt wek, und weder si noch ich sitzen drin. Ich such si weiter in der umgebung, keine Nane weit und breit. Si kann doch nich in eim banhof entfürt worden sein. Ich ge zur polizei, drei strassenzüge weiter. Ser fein hir.

»Was wünshst du dir?«

»Ich möcht ein vershwinden melden!«

»Deine kard bitte?«

»Wi bitte?«

»Kard. Du brauchst eine kard, sonst können wir dich nich sörven.«

»Vergessen. Aber ich wollte ein vershwinden melden, vileicht ein verbrechen …«

»Bitte verstee, one kard bist du nich serviceable.«

»Wo kann ich denn ein vershwinden melden, wenn nich bei der polizei?«

»Dise info kannst du gleich im näxten gang beim kompi erfaren, natürlich nur wenn du eine kard hast.«

»Kann ich nich mal für eine minute mit eim menshen aus fleish und blut reden?«

»Das kostet 25 sudal, sör.«

Auch di polizei is privatisirt. Zu was für eim multikonzern gehört si jez? Shell oder Kirch?

»Ich würd shon bar zalen.«

»Käsh? Das kostet dann eine kleinigkeit mer, gell junger mann? Und di papergeshäftstäx wird auch dabei sein!«

Ich soll eine steuer zalen dafür, das ich unökologish mit papir zal. Ich krig sogar 5 minuten, mit eim mann, der mich anshaut als wär ich der horizont.

»Also ich bin aufs klo gegangen und als ich zurük war, war si wek, wi abgetaucht von diser welt.«

Der polizist is so ein dunkler tüp, ein bissi indianishes, ein bissi shwarzes gesicht, 2 esslöffel weissblut. Shnurrbart. So markanter, ruiger machotüp. Er stellt di rutinefragen. Wann war s, wo, wi, ausseen des opfers, usw. Und di fragerei is zu ende.

»Könntet ir mir helfen, si zu finden?«

»Nur wenn wir alle deteis ham. Und deine adresse brauchen wir.«

»Ich won in München, Deutshland.«

»Ach so? Interessant. Gestern hat meine frau sauerkraut gemacht.«

»Shön. Könnt ir mir helfen?«

»Deine sprechzeit is aus, wenn du mer mit mir reden willst, musst du an der kasse zalen.«

Ich zal, ich zal. Seine frau hat gestern sauerkraut gemacht. Das freut mich für ihn. Ich weiss nich was für eine mani dise brasilianer ham. Jedesmal wenn ich nach Brasilien komm, tishen di mir sauerkraut auf, weil ich aus Deutshland komm. Dabei hab ich in 10 jaren Deutshland insgesamt ein oder zwei mal sauerkraut gegessen.

»Was für ein preferenzgrad wünsht du dir? A, B oder C?

»Was is der beste und billigste?«

»Der beste is nich der billigste.«

»Gib mir den billigen.«

»Das macht 200 sudal vorzalung bitte.«

»Ja und is das überhaupt sicher, das ir si findet?«

»Nein, aber es besteet eine möglichkeit.«

»Startet ir eure suchakzion gleich?«

»Momentan is di waiting time 2 bis 3 wochen, dann starten wir di investigations. Für di lösung musst du im shnitt mit 47 monaten rechnen. Hat si den peilchip?«

Sollte geshäftlich klingen, di atmosfäre, also wär *Si* besser gewesen, aber in Brasilien sizt man sich selten. Deshalb is alles so kaotish hir.

»Peilchip? Was weiss ich?«

»One peilchip wird s 70% teurer. Hast du nich iren kod?«

»Nein, um gottes willen, meinst du, ich bin ein perverser, so is es warlich nich. Ich mag alles shön sauber.«

»Iren genkod, mit d. Delta dora. Wenn du ihn nich weisst, wird das eine teure angelegenheit.«

»Gibt es hir nirgendwo eine gratis-polizei? Eine polizeibehörde für sozialshwache?«

»Versuch s bei der heilsarmee.«

»Ja aber di werden doch keine vershwundene frau suchen!«

»Nein, dafür krigst du ein teller suppe. Auch bei den harekrishna, da is das essen etwas pampig aber di umgebung is shön.«

Also können mir nur noch kriminelle helfen. Di sind zwar auch shon lange privatisirt, dafür ham si nich sovil bürokrati. Und im stat sind si gut vertreten. Ausserdeem is di mafia umweltfreundlicher als di papirfressende polizei. Di werben sogar damit, ich hab shon ein plakat geseen. Natürlich nich mit Mafia untershriben. Sondern unter dem namen International Organization for Realy Fre Trade.

Ich betreet di erste kneipe am hafen, fröliche atmosfäre, hir sind di 90er jare mode. Ich sez mich mal an di teke und frag den tüp neben mir.

»Sag mal, gibt s hir kriminelle in diser kneipe?«

»Nein, sheff, hir gibt s keine kriminellen. Wir sind alles beamte. Di kriminellen sitzen alle 2 kneipen weiter.«

Er shaut so beamtish aus wi ich einer samoanishen libelle änlich se.

»Willst du mit den kriminellen geshäfte machen? Oder bist du polizist und willst si alle einlochen?«

»Ein geshäft.«

»Was für ein geshäft?

»Ich möcht das si meine freundin finden, ich mein, *si* klein geshriben, also das si, di kriminellen, meine freundin finden.«

»Und wivil springt dabei raus?«

»Was verlangen si?

»600 eier.«

»Ich könnt nur 50 zalen.«

»Das kommt nich in frage.«

»Ja dann ge ich. Ich hab keine 600 eier.«

»Wart, bleib mal sitzen. 50 is wenig, andrerseits ham wir momentan wenig aufträge. Und ich hab so eine shwäche für einfüssige, ich will jedem helfen. Ich hab ein freund, dem felt auch ein fuss. Und er is topp i.o. Is ausgemacht. Wo is deine kard?«

»Ich zal bar.«

»Bar? Ja gut, dann gib mir di 50.«

»Ja, zuerst musst du meine freundin finden.«

»Ich brauch aber geld für ein par vorbereitungen.«

»Nimm 10.«

Er nimmt di 10 und muss gleich aufs klo. Ich wart an der bar. Das klo muss ein fenster nach aussen ham. Jedenfalls se ich ihn ni wider. Er hat nich einmal gefragt wi si aussit. Der wirt predigt mich an:

»Ni was im voraus zalen!«

»Aber was hat er davon? Ich hab ihm nur 10 sudal gegeben! Sovil geld is das auch nich!«

»Naja, mer als null sudal.«

Warsheinlich is si längst am strand, amüsirt sich und ich muss mich wegen ir in stinkige kneipen reinsezen und reinlegen lassen. Am ende nem ich ein andren buss nach Sao Paulo. Ich hoff, es is ir nix passirt, si is zum strand gefaren und konnte es nich übers herz bringen, es mir zu sagen. Ich kann si doch nich einfüssig in einer 3-milionen-stadt suchen. Es gibt mindestens 5000 strassen! Und wivil häuser? Und wi, one durchsuchungsbefeel? Später, wenn ich eine infrastruktur und ein fuss hab, komm ich zurük und such si.

Das is alles shade. Si war ein angenemes wesen. Auf dem halben weg zwishen Porto Alegre und Sao Paulo macht der buss ein stopp in eim städtchen, das Fuck heisst, ich mein es ernst, das städtchen gab s shon zu meiner zeit, the gud olden dais … Di bevölkerung verhält sich ganz normal. Wenigstens in der öffentlichkeit.

Zwishen den städten gibt s felder und wälder. Set, freunde. Der wald lebt noch. Man hat gesagt, der Amazonas wär in 20 jaren komplett entwaldet. Dabei hab ich shon einige bäume in Brasilien geseen! Andrerseits, hir is nich der Amazonas.

Das war sowiso ni ein probleem der brasilianer, sondern der deutshen: seit 30 jaren ham alle umweltminister ein deutshen nachnamen. Der jezige präsident hat kein deutshen, sondern ein polnishen namen. Er heisst Maciejewski, man nennt ihn Macy's der einfachkeit halber. Ich hab erfaren, das er kein brasilianer is, sondern pole. Ganz normal heutzutage, di parlamente importiren präsidenten und minister. Was man halt so braucht. Aber gleich ein polen?

Wenn ich shon shokirt in Buenos Aires war, so erst recht in Sao Paulo. Das war shon damals keine stadt mer, sondern eine weite region wo nur häuser, vor allem hochhäuser wuxen. Ja, slamms gibt s auch einige. Der buss braucht keine 3 tage, um von der stadtgrenze bis zum bussbanhof zu kommen, aber fast. Da helfen alle hochstrassen und tunnels diser welt nich. Di hochhäuser sind noch höer und noch mer geworden, und ire fassaden sind reine werbeflächen. Man hat auch den himmel als werbefläche entdekt, di werbung shwebt einfach so, si kommt nich auf leinwänden oder monitoren, zweidimensional, sondern si existirt offensichtlich als konkretes substantiv. Von natürlichen sternen keine spur mer, nur der Saturn shwebt mit seinen stark leuchtenden und rotirenden ringen zenmal so gross wi di sonne, von Toyota Motors gesponsert, di jez eine indonesishe firma is. Tagsüber wird der

Saturn ausgeshaltet. Karneval auf dem Mond wird auch angeboten, shon jez im oktober. Kostet ein vermögen, muss aber lustig sein, man wigt ja nur 1/6 von seim irdishen gewicht und kann vil tanzen one müde zu werden. Es is vil geld hir, aber das geld erzeugt ansheinend neben reichtum auch armut. Wi fast immer. Kleine jungs betteln und verkaufen den autofarern di unnüzesten und unshmakhaftesten dinger, di s in der ganzen Milchstrasse gibt, aber im gegensaz zu früer tun si das auf motorisirten rollshuen, und si ham kardleser für di überweisungen. Das is sozusagen das razionalisirte betteln. Man sit, es get voran. Mit den motorisirten rollshuen hab ich, wenn auch nich mein bestes dann wenigstens mein erstes abenteuer in der stadt. Wenn ich meine eltern und meine freunde im net nich finden kann, muss ich selber zu den alten adressen gen und hoffen, si zu finden. Ich nem ein bus, nach dem aussteigen muss ich noch eine weile zu fuss gen, auf einer breiten strasse, um di eke kommen 5 kleine negerlein. Di sen nich so aus als würden si jeden morgen zur arbeit ins büro gen. Ich hab starke bedenken, in ire richtung zu gen, di eigentlich meine richtung wär. Ich überqueer mal di strasse, das tun si dann automatish auch. Gut, dann ge ich in di entgegengesezte richtung. Si ham motorisirte rollshue, ich hab mit meim einbeinhopsen keine shansse. Gleich ham si mich umzingelt. Ich hab keine zeit, zum zittern zu kommen. Mit messern in den händen sind si bewaffnet. Keine feuerwaffen. Wi di mäsäschtäschä in Frankfurt.

»Kard oder leben!«

Lächerlich, kard oder leben. Di ham ein kardleser dabei. Ich kann leider mit einer kard nich dinen. Si suchen in meinen tashen, glüklicherweise ersheint di polizei im helikopter und shiesst mir nix dir nix los. Si erwisht zwei überfäller und ein überfallenen. Wenn der überfallene nich so eine art behinderter superman wär, wär auch er draufgegangen. Di kugel hat mein beken erwisht, i tel u, this is no picnic. Ich blut nich, aber ich muss mich beherrshen, kein zeichen von shmerz von mir geben, sonst komm ich ins krankenhaus, es fängt wider alles von vorn an und di polizei findet raus, das mein pass gefälsht is, dann kommt di mafia … augen zu, junge, und zäne zusammen. Gott sei dank gebrauchen si kein pulverisator, so was hat offensichtlich nur di Mafia. Ein polizist kommt zu mir:

»Hast du deine kard dabei?«

»Ich hab nur mein pass.«

Er bringt mein pass zum hubshrauber und zurük. Gott sei dank keine beanstandungen.

»Wozu braucht ir mein pass?«

»Ja sonst vershwindst du und wir sen dich ni wider!«

»Und wozu wollt ir mich noch sen?«

»Wi soll man dir eine rechnung shiken wenn wir nich wissen wo du wonst?«

Klar. Si wollen geld dafür, das si mich »gerettet« ham. Bald kommen di krankenwagen an, di neugirigen werden immer mer. Ein negerlein is tot, der andre getroffene fült sich auch nich mer wol. Ich hör noch wi ein polizist diskreet dem sanitäter empfilt, noch ein par runden zu dren bevor si zum krankenhaus faren, damit der richtig hin is.

Ich hau ab und sez mich in eine kneipe. »Ein bir! Und ein Steinhäger!« Nach dem dritten shnaps und dem zweiten bir lässt der shmerz nach. Riläx. Negerlein. Hat dir das wort nich gefallen. Also statt negerlein afrobrasilianerlein. Obwol ich nich weiss ob si brasilianer waren. Und ich eigentlich zu den andren brasilianern euro- oder asiobrasilianer sagen müsste, sonst is das auch diskriminirend, wenn man nur den afrobrasilianern ein quellenpräffix verpasst, als wären si brasilianer, aber nich so richtig. In Brasilien gibt s auch dise PC-problematik, inzwishen hat man festgestellt, das in Brasilien doch der rassismus grassirt. Vor und nach 1888, als di normale sklaverei abgeshafft und di freie sklaverei eingefürt worden is. Zu meinen zeiten shon, kurz vor dem neuen jartausend, hat man stimmen gehört, di das wort »mulatte« verbiten wollten. Weil es angeblich von »mula« kommt, dem portugisishen wort für maultir. Ging nich mer.

Mestize oder mishling ging auch nich, weil es di mishung von jeder rasse sein kann, zum beispil japaner mit uruguayer. Am besten du sagst nix. Oder du benennst di rassen mit lebensmittel: sane, kakao und kaviar. Klingt fein. Was man mit den ostasiaten macht, weiss ich nich. Vileicht chop suey. Eine andre möglichkeit wär: »Shweinefleish mit bambussprossen, tofu, zitronengras und asiatishem gemüse (sharf). Nummel 43.«

Nich leichter is es mit der feministishen PC-heit: wenn man anfängt, di etimologi der wörter zu untersuchen und *man/frau* shreibt, weil *man* von *mann* kommt, dann sollt man konsequent sein und alles wek lassen. *Man spricht deutsh* get nich, *man/frau spricht deutsh* genauso wenig, weil *frau* von *frouwe* kommt, und *frouwe* is di weibliche form von *fro*, ein altdeutshes wort für *herr*. Das urwort für den weiblichen menshen is *wîp*, das dem heutigen *weib* entspricht, das hat man aber auch verboten. *Mensh* kann man auch nich benüzen, weil es von *männish* kommt. Und wenn man minderheiten in shuz nemen will, darf man genausowenig das wort *chauvinistish* in den mund nemen, das wort kommt nämlich von glazkopf, is also eine grosse beleidigung gegenüber der minderheit der glazköpfe. Man behauptet damit, das alle glazköpfe fraunfeindlich sind. Dabei kenn ich auch machos, di hare ham, sogar an der brust und so.

Wenn man PC is und was von sprachen versteet, wird man ser einsilbig.

»O garson, ve uma tatu aí, cum limaunzinhu.« Ich hab den kellner nochmals gebeten, mir ein shnaps zu bringen, dismal mit eim zitrönchen, wi man in Brasilien so shönchen sagt. In Brasilien hat sich di polizei ansheinend nich verbessert. Immer gleich shiessen. Einmal hab ich in einer deutshen zeitung gelesen, das ein (deutsher) polizist ein flüchtenden kriminellen ershossen hat und unter shok in eine klinik eingelifert worden is. Ein brasilianisher polizist ershiesst ein menshen, der einfach rumsteet und nich unbedingt ein krimineller sein muss aber wol einer sein könnte, get nach hause, isst seine bonen und gute nacht.

In Brasilien muss man di polizei mer fürchten als di räuber, da man von den räubern jedenfalls nur selten prügel krigt. Für di brasilianishe polizei sind ermittlungen ein müsames und aufwendiges geshäft, also nimmt si sich liber ein tüpen von der strasse, am besten einen, der verdächtig arm aussit, das kann man wi gesagt leicht an der hautfarbe erkennen, und man stellt ihm ein par fragen. Oft bleibt der verdächtige bei seiner aussage, das er unshuldig is, selbst nachdeem man ihn ein bissi geklatsht hat. Das sind natürlich keine arbeitsbedingungen, nich wahr. Der bullizei bleibt nix anders übrig als den fragen etwas nachdruk zu verlein, entweder mit brachialer gewalt oder elektroshoks, das kommt auf di verfügbare technologi an. Es kommt shon manchmal vor, das di befragten di sache überleben und di polizisten anzeigen. Von 400 angeklagten polizisten ham 6 iren jobb verloren. Da is es kein wunder das di arbeitslosigkeit steigt.

Gut, ich sollt nich undankbar sein, si hat mich grade gerettet, di polizei. Aber vor was eigentlich? Und Deutshland? Vile nennen es ein polizeistat. Das einzige, was dort an ein polizeistat erinnert, sind di partis, weil jede zweite mit polizei vor der tür endet. Wenn in Brasilien ein nachbar di polizei ruft, um mit der parti nebenan shluss zu machen, kommt di polizei und nimmt den anrufer mit, warsheinlich in eine spezialklinik.

Meine eltern wonen nich mer, wo si zulezt gewont ham. Also faren wir zu Drennicomp. Der wont auch nich mer an der alten adresse, könnt er auch gar nich, denn da stet jez eine dike parkgarage. Ich such den näxten freund, Toc. Dismal nem ich liber ein taxi. Damit der nette taxifarer meine fragen versteet, sag ich, das ich di lezten 20 jare in eim kleinen dorf in Patagonien verbracht hab. Der is alt und das is gut, weil er verständnis dafür hat, das ich kein verständnis für dise zeit hab. Und wi der so spricht, hat er bestimmt filosofi oder soziologi studirt. Er erklärt mir einiges, di fart get 80 kilometer weit wek. Ich glaub ich muss mich bald durch ein geldautomaten fressen. Ich erzäl ihm, das ich grade überfallen worden bin. Seiner meinung nach kommt das nich mer so oft vor. Di meisten ham sich auf netrobbing spezialisirt. Das is sicherer, sowol für den klauer wi für den beklauten. Da es kaum noch bargeld gibt, sondern nur noch zalen, di von eim kompiuter zum andren vershoben werden, konzentriren sich di meisten gauner darauf, di zalen in fremdkompiutern so zu manipuliren, das ire eigenen zalen sich verbessern zuungunsten von zalen in fremdkompiutern. Auch das netbegging is topp-aktuell und verstopft dauernd di datenautobanen. Echte shreibtishbettler sind da am werk. Yes, the forthstep is not on to holden.

»Sag mal, habt ir noch gastaxis?«

»Ja vile.«

»Und, immer noch gefärlich?«

»Shon lange nich mer. Früer, vor 30 jaren, gab s vile farer, di kein geld hatten und ire taxis manipulirt ham, um mit billigem gas zu faren. Aber das war amatörarbeit, di fargäste waren zimlich verunsichert. Manchmal is das ganz shnell gegangen, da hat der fargast nix mer gemerkt. Der farer auch nich. Heutzutage is es anders, di autos kommen shon von der fabrik so raus. Das is dann asiatische technologi. Oder deutshe. Made in Brazil, but thaut in Germany.«

»Sag mal, womit wird sonst noch getankt? Benzin, gas, alkohol ... noch was?«

»Di ham grade ein auto entwikelt, das mit müll färt. Aber das is noch ganz neu, di sind 50 mal teurer als ein normales auto. Man müsst shon vil faren, damit es sich rentirt ... aber es hält nur maximal 2 jare. Danach fangen di an, ganz unmodern zu modern, si stinken zum himmel und da hilft kein Dior, kein Poison, Pour Hommes, Pour Nix. Kannst wekshmeissen. Was auch nich einfach is, weil di karosseri und der motor aus k-stoff und d-müll sind.«

»D-müll? Was is das?«

»Das is der müll von den sachen, di vor ein par jaren als besonders ökologish angeseen wurden, und von denen man jez entdekt hat, das si di shlimmsten sind.«

Nein, Toc wont nich mer wo er gewont hat. Ich hatte keine zeit mer, den farer zu fragen, was k-stoff bedeutet. Ich glaub ich kann hir nich mer wonen. Das hat nix mer mit mir zu tun. Ich fül mich hir genauso ausländish wi in Deutshland, und dann is es mir doch liber, ausländer im ausland zu sein als in meim eigenen land. Morgen flig ich nach Deutshland. Dort is Iquat und si wird mir helfen. Obwol si gar nich so geklungen hat als hätte si dazu lust.

Das tiket is ser billig geworden, dafür is so eine reise nur noch halb so komfortabel. Bis vor zwei jaren, also fast 50 jare lang, war der champien unter den flugzeugen der jumbojett. Seit 2 jaren gibt s endlich 2 grosse jetttüpen di mit 2000 sachen durch di lüfte flizen, 600 leute passen rein. Sitzend. Steend noch mal 300. Doch doch, di leute sten eng aneinander, als wären si in einer tramban in der stosszeit. Es dauert nur 5 stunden von Brasilien nach Deutshland. Man plant ein flugzeug, das ausserhalb der atmosfäre fligen soll, damit di luft nich immer dazwishen kommt. Das ding soll mit 30000 stundenkilometern fligen, is aber noch zukunftsmusik. Und wi wird es dann heissen, one shwerkraft? Das flugzeug bitet plaz für 600 sitzende und für 300 shwebende fluggäste. Vor allem, wi wird das nur ausshaun?

Ich hab ein sitzplaz. Das flugzeug fligt nach Berlin und is von der Polish Air, wegen dem namen hab ich s genommen, ich sen mich nach dem külen pol. Leider is es im flugzeug heiss wi sonstwo.

Eine frau sitzt neben mir, ich shäz si is zwishen 41 und 63 jare, si hat ein wokman auf und sagt laut:

»On!«

»Wi?«

Si spricht nich mit mir, sondern mit dem bildshirm am vorderen sitz.

»On!!«

Si wird ungeduldig und get mit den fingern über den bildshirm. Es tut sich nix.

»An! Aan!«

Si probirt weiter, da get nix, ein stiuard kommt vorbei. Si sagt, der sheissmonitor get nich an. Der stiuard is vermutlich pole, wenigstens hat er ein shnurrbart, und antwortet auf englísh als wär er ein muttersprachler:

»Di dinger sind japanish, du musst es mit japanishem akzent aussprechen. Also *ong,* aber one das g.«

Si probirt s mit ong, get immer noch nich. Der stiuard probirt s auch, get noch weniger. Er findet ein fluggast im vorderen teil, wo s manuelle bildshirme gibt, der sich bereit erklärt, di sitze zu taushen. Si nimmt ire sachen und beim wekgeen shnauzt si den bildshirm noch an, sagt so was wi »blöder hund!« zu ihm, und plözlich shaltet er sich ein. Also sezt si sich wider.

Shwirig is nur, das ding so hinzukrigen, das es das macht was man will. Immerhin, man kann di zeitung lesen oder sen, in form von nachrichtenprogrammen. Mich wundert nur, das man noch nich nachrichten essen oder trinken kann. Da würd man nich so vil zeit vershwenden, man würd ein glas Times oder eine tablette taz bestellen und wüsst nach einigen minuten alles, was gestern passirt is, auch das was man eigentlich gar nich wissen wollte. Si könnten infobiochips heissen. Wi auch immer: man kann in disem gerät hir programme nach stichwörtern suchen. Obwol: eigentlich gab s das zu meiner zeit auch shon, nur nich am rüken von flugzeugsitzen, vor allem nich am rüken von polnishen flugzeugsitzen. Dazu hört di frau tekno mit dem kopfhörer. Zu meinen zeiten waren 41- bis 63järige, di tekno hörten, äusserst selten. Tekno is längst oldi. Dazwishen telefonirt si immer wider mit irer armbandur. Oft macht si alles gleichzeitig. Das sind stressige zeiten.

Gern würd ich mit ir reden, si muss deutshe sein. Wenigstens hat si ein deutshen akzent. Und gesäppt hat si auch shon wider. Naja, ich versuch s. Hoffentlich hört si was, mit den kopfhörern.

»Wi heisst du?«

Si nimmt ein hörer ab.

»Wi bitte?«

»Wi heisst du?«

Si weiss nich ob si mir eine antwort geben oder »wiso« fragen soll. Si entsheidet sich, kul zu sein.

»Oioksaph.«

Das is ein komisher name. Ich hab shon eine frau gekannt, di

Oioksast heisst, aber Oioksaph, das is doch eigenartig. Si säppt weiter. Ich glaub ich muss etwas aufdringlicher werden.

»Was hast du in Brasilien gemacht? Urlaub?«

»Ich bin DIT. Ich komm an den wikends wider zurük. Oder ich flig nach Houston, da wont mein freund.«

»Was machst du noch mal?«

»Di-ai-ti.«

»DIT? Was is das?«

Si shaut mich ein bissi befremdet an. Vileicht sollt ich ir etwas erklären.

»Weisst du, ich won seit über 20 jaren in Patagonien, ich hab fast keine anung was in der welt so los is.«

»Wi shreklich.«

Wi shreklich, sagt si, nur, erklären was ein DIT is, das tut si nich. Si säppt shon wider durch di programme. Ich lass si in rue. Wir sind noch im steigflug, kommen durch eine shlechtwetterfront und es fängt an zu regnen. Von meim bauch kommt ein brummen her und dann eine stimme. »Das darf ja nich wahr sein das is unkontrolirbar als hätte mein hirn und mein mund ein shliessmuskel und hätt ihn nu verloren mei o mei o mei was wird di frau von mir denken si wird meinen ich hab jez ganz den verstand verloren und si hört mir di ganze zeit zu und sit mein geshlossenen mund jez muss ich zu ir rübershaun um zu sen ob si mich hört ja du hörst mich entshuldigung mann o mann ich muss wek hir tshuldigung darf ich mal durch das is unausstelich das jeder meine gedanken hören kann alle leute shaun mich verwundert an – klo! ich muss shnell aufs klo warum geshit so was mit mir ich hab den eindruk das es was mit dem regen zu tun hat sheiss E.T.-kugeln wozu das ganze naja ich bleib hir in der toalette bis das vorbei get ah hir is besser aber warum sprech ich meine gedanken aus und warum kann ich nich eine andre sprache sprechen di nimand versteet deutsh is nich einmal meine muttersprache ich fül mich wi manche shriftsteller di ungeordnet alles shreiben was si denken aber das is doch gar nich shön und nich unbedingt unterhaltend man sollte sich nich so zeigen wi man is nich weil man unerlich sein sollte sondern weil es nimand interessirt das is doch alles wi gedankenfurze sheiss E. T.-kugeln was werd ich noch alles erdulden müssen ich will mich nich mer hören aus vorbei ja und jez das noch ich hab mein or in meiner hand ich bin etwas zu grob mit den händen in di hare gefaren ich tu s wider zurük bleib jez da ich hoff es is nich zu weit oben oder zu weit unten jez fall ich noch auseinander bla bla bla bla bla«

Der regen hört nach einer virtelstunde auf, sofort gibt mein bauch rue. Regen = bauchreden? Is das so? Hat mein bauch in Argentinien oder Brasilien nich geredet, weil es dort kein einziges mal geregnet hat? Aber wenn mein bauch in Deutshland jedesmal losleegt, wenn es regnet, bin ich verloren. Oder wenn es shneit? Das flugzeug fligt weiter, ich möcht so ungern zurük zu der frau, leider get es nich anders. Di frau reagirt überhaupt nich, si säppt, hört wokman und telefonirt, dise realitätsebene, di für mich zimlich di einzig wahre is, is für si zweitrangig. Jez sind di wolken unten und mir kann nix mer passiren.

Wenn man di füsse bzw. den fuss auf deutshen boden sezt, stellt sich eine gewisse ernüchterung ein.

Am ausgang des Berliner flughafens freu ich mich über di frishe luft. Ich freu mich, das ich wider rauchen darf. Draussen gibt s bänke, ich sez mich und zünd mir gemütlich eine zigarette an. Di meisten leute tragen normale koffer, aber man sit einige, di mit motorisirten koffern unterweegs sind. Di koffer kommen hinterher gefaren wi hunde. Ich hab ein tüpen geseen, der sein koffer Rover nannte. Rover is der englishe Waldi. Di leute müssen irgend so ein sensor bei sich ham. Einer reparirt sogar sein koffer, der nich mer faren will. Zimlich blöd, das der koffer kein henkel hat, so kann man ihn kaum tragen. Wenn wir so weiter machen, versperren wir alle türen hinter uns. Wenn der näxte wörld-bläkaut kommt, was is dann? Es gab shon eine grosse krise im jar 2011, da wütete plözlich eine verherende kompiutervirusepidemi, und das in einer welt, in der in jedem feuerzeug ein kompiuter steckt. Di leute konnten nix mer kaufen, essen, dushen, milionen firmen sind pleite gegangen. Wi wird es bei der näxten krise sein? Wird man noch sprechen können? Noch gen? Was mir aber etwas sorgen macht, sind di vilen augen, di mich befremdet anstarren. Ham di einheimishen inzwishen neben fremdenfeindlichkeit noch eine besondere behindertenfeindlichkeit entwikelt? Ich werd meine zigarette nur halb geraucht ham, um festzustellen, was an mir falsh is. Diser tüp im anzug shreit: polizei, hir raucht einer! Sofort sind 2 polizisten da, untersuchen mich auf waffen, verlangen ein ausweis und wollen mich in handshellen abfüren. Mit der zigarette, sozusagen als tatwaffe. Rauchen is ansheinend verboten, auch das noch.

»Is das rauchen nur am flughafen verboten oder überall?«

»Am flughafen und in der zelle, wo Si bleiben werden, auch.«

Das is wirklich ein shlamassel. Mein pass is gefälsht und meine geshichte shlecht.

Im revir werd ich vom oberpolizisten verhört. Ich geb namen und adresse an und erzäl das ich einige jare im Amazonas verbracht hab, deshalb kenn ich mich nich so gut aus mit den neuen gesezen in Deutshland. Der oberbulle klärt mich auf: in Deutshland is das rauchen überall verboten, ausser in den eigenen 4 wänden. In einigen staten in America wird sogar das rauchen in den eigenen vir wänden mit gefängnis geandet.

Man wird wider überall gesizt. In Brasilien krigt man ab und zu eine watshen wenn man di falshe farbe hat, manchmal wird man von der polizei sogar mit angeshossen, wenigstens aber wird man geduzt, man hat immer das gefül, man gehört dazu. In Deutshland muss man zuerst di mitglidkarte ham, um irgendwo dazu zugehören. Bis dahin bleibt man ein Si. Dazwishen muss der oberbulle immer wider telefoniren. Mit Gott und der welt. Zwishen dem ein und dem andren telefonat frag ich ihn, wiso si mich überhaupt verfolgen, wenn ich gar kein geld hab, um dise verfolgung zu bezalen.

»Si werden natürlich nich dafür zalen, aber di antiraucherorganisazionen kümmern sich shon darum.«

Bald kommen di informazionen vom kompiuter: leute mit dem namen Heinrich Schnabelmüller gibt es in Deutshland einige, leider wont keiner von inen unter der adresse di ich angegeben hab. Di adresse im Amazonas stimmt auch nich. Bald bringt ein andrer polizist mein pass und sagt, er is gefälsht. Jez is wursht was ich sag.

»Gefälsht??? Ja so ein mist! Wenn ich gewusst hätt, das der pass gefälsht is, hätt ich ihn nich gekauft!«

»Ich hoff Si können di warheit genauso loker erzälen wi ire spässchen. Wer sind Si und was machen Si hir?«

Gut. Nix wi di warheit.

»Mein name is Pé du Jazz und ich komm grad nach hause. Ich bin von eim ufo entfürt worden. Ich won in München. Oder sagen wir, ich hab dort gewont. Vor der entfürung.«

»Si sind Pé du Jazz? ... also, fangen Si noch mal an, mit einer neuen stori.«

»Ich hab keine andren storis mer! Was ham si dagegen das ich Pé du Jazz heiss?«

»Weil es kaum 2 persons geben kann, di Pé du Jazz heissen.«

»Kennen Si ein andren?«

»Also hören Si mal gut zu: ich lass mich nich zu lang verarshen.«

Ich erzäl, und er glaubt mir nich. Bald wird di befragung shmerzhaft. Zwei polizisten helfen ihm dabei. Alles get relativ shleppend dahin, weil sowol der sheff wi auch di unterbullen dauernd telefoniren müssen, mit der frau, dem freund oder der interpol-sekretärin in Mexico City, di so eine nette stimme hat.

Bei mir bleibt di geshichte di gleiche. Ich werd abgefürt, oder abgeshleppt, und in u-haft gebracht. Das sisteem is zimlich verrot. Ich hab geglaubt, das ende des lezten jarhunderts wär der anfang einer gewaltlosen ära, aber so wi s aussit war s das ende. Jez sind sich di deutshe und di brasilianishe polizei ser änlich. Mit dem untershid, das man von der deutshen polizei gesizt wird.

Persons hat er gesagt, pörssns ausgesprochen, di deutshe aussprache, di english sein soll. Vile lateinishe wörter, di im deutshen so shön klangen, werden jez meistens pseudo-english ausgesprochen. War zu erwarten, das angelsäxishe emmpire läuft nich mer so richtig, und so wi di welt nach dem untergang der römer küchenlatein sprach, spricht si jez küchenenglish.

Am näxten tag krig ich besuch von eim gut ausseenden aber etwas arroganten dokter, der mir alle möglichen fragen stellt. Ihn wundert natürlich nix, er weiss nur nich ob ich wirklich besheuert bin oder mich nur so anstell.

»Und was is mit Irem fuss passirt?«

»Shau, es is durchaus möglich, das ich di ufo-geshichte nur geträumt hab, aber in disem fall hab ich den fuss im traum verloren. Da meine jezige realität eine direkte konsequenz von disem möglichen traum is, träum ich warsheinlich immer noch.

Das heisst, obiektiv existirst du gar nich. Glaubst du, das das stimmen könnte?«

»Das weiss man ni so genau, was eine objektive reality is. Aber erzälen Si weiter, ob traum oder nich, wi ham Si Iren fuss verloren?«

»Das waren meteoriten. Si ham mich jedesmal total zerstükelt. Ein stük vom or hab ich auch nich mer, shaun Si, ich verdek s nur mit den haren.«

»Ach so.«

Er shreibt alles auf, geduldig und professionell wi sein beruf es vorshreibt. Shon wider läutet sein armbandtelefon. Man shreibt s bändi, jez weiss ich s. Seine stimme wird ganz weich, das muss eine flamme sein. Er sagt, er ruft später zurük. Gut das ich nich auch ein telefon hab, sonst würden unsere telefonfreien minuten kaum zueinander passen und unser gespräch würde wochen dauern.

»Es klingt für Si recht unwarsheinlich, ich weiss, aber ich bin wi aus knetmasse. Wenn ich zum beispil mein ganzes or abreiss, da sen Si, das macht mir nix aus, ich kann es wider zurük tun und es bleibt. Sen Si? Überhaupt kein probleem. Vileicht meinen Si, das das so ein alter indianertrik is, Copperfield oder so. Aber das is nich der fall. Ich kann warsheinlich genauso gut meine nase abreissen. Wupp, sen Si, da ham wir si. Moment mal, ich shau mich im spigel an, na, ich se gar nich gut aus one nase. Si sen, so was können Si mir nich nachmachen. Und Si müssen nich glauben, ich hab ein plastikor und eine plastiknase. Ich kann auch was andres probiren, den ganzen kopf, shaun Si, jez hab ich mein kopf in den händen. Ich leg ihn auf den shoss. Das soll mir einer nachmachen. Si können doch nich im ernst behaupten das ich ein plastikkopf hab. Dokter, ich wollt Si nich ershreken, ich tu den kopf shon zurük, sen Si, alles wider normal, Si müssen den knopf nich so oft drüken, di werden shon di tür aufmachen, dokter.«

Tür auf und wek is er, eigentlich hab ich noch ni jemand geseen, der so shnell durch eine tür gegangen is. Das hat alles kein sinn, ich muss wek hir. Von sich aus werden si mich nich wek lassen wollen. Eine virtelstunde später kommt der oberpolizist mit andren polizisten und dem dokter. Der dokter bleibt weiter hinten und befilt mir, ich soll das noch mal machen, mit dem or und mit dem kopf.

»Was soll ich mit dem or und mit dem kopf machen, dokter?«

»Ja, or trennen, nase trennen, kopf trennen!«

»Von was trennen?«

»Vom gesicht! Vom körper!«

»Kopf vom gesicht trennen? Wi soll denn das gen?«

»Si wissen was ich mein! Or vom kopf trennen, nase vom gesicht trennen, kopf vom körper trennen!«

»Und wi soll das gen?«

Di polizisten begutachten den dokter misstrauish. Er versucht mich zu überzeugen, meine nummern zu widerholen, ich bleib stur. Er hätte mich in di klapse shiken können, jez muss er aufpassen das er nich selber da landet.

Später am abend mach ich mir den weg nach aussen frei. Wenn das alles vorbei is, wird ein besuch beim zanarzt unumgänglich sein. Auf der strasse frag ich nach der urzeit. Es is kurz nach 10 ur abends. Ich ge gleich zum banhof. Ich bin zimlich paranoish, aber di polizei hat nix gemerkt, si is nich hinter mir her. Hinter mir is nur eine alte oma, und omas sind im gegensaz zur polizei ungefärlich. Vileicht sollt ich mer nach unten als nach hinten shaun, shon wider auf hundesheisse getreten, shöne sheisse. Obwol ich nur ein fuss hab und di shanssen, auf hundesheisse zu treten, sich halbirt ham. Wi s so aussit, wird s auch in 1000 jaren hundekake geben. Naja, solange es hunde gibt. Di gentechnologi wird teilweise blöd eingesezt: man sit hunde di nich grösser sind als ausgehungerte mäuse. Wozu soll das gut sein? Auch pferdgrosse hunde sind normal geworden. Hundereiten is eine belibte sportart bei den reichen, si nennen es dog-riding. Nich ganz ungefärlich, vor allem wenn eine kaze im gesichtsfeld des hundes ersheint.

Nich nur hat Berlin immer noch vil hundesheisse sondern is auch immer noch under construction. Dabei hab ich gedacht das di stadt so um di jartausendwende fertig wär. Jez krig ich langsam den eindruk, das das kein zustand sondern eine eigenshaft der stadt is. Andrerseits gibt s kaum ein untershid zu Buenos Aires oder Sao Paulo. Oft reich, oft arm, oft sauber, oft drekig, aber immer gross und voller asiaten.

Dann dise vertrauten namen, diser ständige berliner namensoptimismus, der aus der stadt nich wekzudenken is: Shönhausen, Shönefeld, Shönewalde, Shöneweide, Shöneberg – was meinen di mit Shöneberg, in Berlin gibt s weit und breit keine berge, meinen di vileicht di hundehaufen?

Di fart nach München get problemlos. Der osten sit ser americanish aus. Der Münchner Hauptbanhof shaut noch zimlich wi früer aus, überhaupt hat sich offensichtlich weniger im westen als im osten geändert. In Berlin müsst man alle kräne und bulldozer auf di seite legen, um zu sen, ob noch was da is. Di u-ban stet immer noch, wo si mal stand, di historische mode is auch hir gang und gäbe. Wi überall vile asiatishe gesichter. Und bettler. Was di bettler da machen, weiss ich, aber was machen sovile asiaten hir? Telefoniren tun si. Alle telefoniren, ob asiaten, afrikaner, europäer, bettler, auch befreundete leute, di nebeneinander sitzen. Man hat den eindruk, vile möchten mit dem befreundeten menshen neben inen reden, aber dann werden si angerufen. Vermutlich auch von leuten, di befreundete leute neben inen ham, di telefoniren.

Man kann von diser welt und von diser zeit sagen, das sich vil geändert hat, aber auch, das das gegenteil der fall is. Es hängt auch davon ab, ob man si von weitem oder aus der näe betrachtet. Das is mit dem zeitlichen nich anders als mit dem räumlichen: wer in München wont kann sagen, das Augsburg, 50 km entfernt aber shwäbish, eine ganz andre welt is. Shon für norddeutshe sind weder di »untershide im karakter« noch der akzent untersheidbar, das sind halt süddeutshe. Für ein portugisen oder ein russen noch weniger, für di sind beide deutshe, für ein afrikaner sind beide weisse, für ihn gibt s auch kein untershid zwishen eim münchner und eim wladiwostoker. Beide ham augen, nasen, oren, 2 beine, sind weiss und benemen sich wi weisse. Für ein energiwesen aus einer fernen galaxi, wi zum beispil meine E.T.'s, gibt es kein untershid zwishen eim münchner und einer cubanishen henne.

Ich ge durch di strassen und meistens se ich wenig, wovon ich sagen könnte: das gehört nich zu meiner zeit! Passanten zin sich ganz normal an, nur di hemden mit den hoen kragen wirken etwas komish, aber di leute, di sich wi römer oder Mozarts anzin fallen eer auf, und irgendwi sind si tüpish für dise zeit. Manchmal se ich was wirklich neues: ich sitz selenruig in der u-ban, denk mir nix, und direkt vor mich sezt sich ein junges pärchen mit dem nakten unterkörper hin. Si ham etwas längere hemden an, di charmhare und das ganze asiatishe gemüse is knapp aber deutlich zu sen, keine unterwäshe. Ir harshnitt is auch ganz abartig, di hare sind shulterlang, nur oben auf dem dach is nix. Ich find das nich besonders atraktiv, offensichtlich ändern sich di geshmäker durch di zeiten. Vileicht finden di leute das gar nich shön, aber liber anders und hässlich als shön und normal. Wer weiss. Das is jez kein vorwurf, sondern nur eine möglichkeitsüberlegung. Das mit der nakedei, ob das wirklich gut is? Ich mein, da kann man nur hoffen das si ire anlagen gut sauber halten, sonst müssten ja di sitze in u-ban und kneipen dauernd gereinigt werden.

Iquat wont nich mer in Haidhausen. Wenn ich si anruf und um di adresse bitt, wird si mir di nich geben weil si denken wird, ich will si verarshen. Also muss ich di adresse im telefonbuch finden. Leider se ich keine telefonzelle weit und breit. An der eke war doch früer eine. Ich frag mal ein passanten, der meint, ich muss so um di 20 minuten gen. 20 minuten um eine telefonzelle zu erreichen? Hat jez jeder ein händi? Oder ein bändi? Ich erreich di telefonzelle, di shon seit langem netzelle heisst, si hat keine telefonbücher und ich muss shon wider ein passanten fragen. Da is einer, ich muss nur warten bis er fertig telefonirt hat, mit seim bändi.

»Wo gibt s eine telefonzelle mit telefonbuch?«

»Da!«

»Da is ein telefon aber kein telefonbuch.«

»Da war doch immer ein book. Is es kaputt?«

Kaputt? Ach, ach, das telefonbuch is jez eine mashine.

»Is das telefonbuch eine mashine?«

»? Wi meinen S des?«

»Ja wissen Si, ich bin im Amazonas aufgewaxen.«

»Aus dem Amazonas kumman S? Und was machen S in München?«

»Ich such ein telefonbuch.«

»Si ham aber a gute streke zurükgeleegt um ein telefonbuch zu finden! Gibt s keine telefonbücher am Amazonas?«

»Ja doch, aber di sind aus papir.«

»Ja klar, immer noch am abholzen, ge? Habt s ir überhaupt noch bäume dadorten?«

»4.«

»Ich war shon mal in Rio. Ich bin sogar überfallen worden.«

»Ir turisten seid selber shuld. Di stadt is doch saugefärlich. Wir brasilianer gen da nich hin. Andrerseits finden di Rio-einwoner di stadt nur halb so gefärlich wi Deutshland. Di raten jedem ab, den fuss auf deutshen boden zu sezen, weil man als ausländer sofort abgefakelt wird.«

»Ja gut, aber Deutshland is doch kein einzelfall. Überall werden de leit abgefakelt.«

»Klar, das war jez nich so gegen di deutshen gemeint. Di leute wissen nich, das rassismus ein universelles fänomeen is, vile südbrasilianer ham eine starke abneigung gegen nordbrasilianer, vile ausländer sind ausländerfeindlich: serben di was gegen kroaten ham, kroaten di was gegen serben ham, slovenen di was gegen afrikaner ham, grichen di was gegen türken ham, usw. Ganz zu shweigen von den vilen, di was gegen deutshe ham, di aus irer sicht ja ausländer sind. Aber ich wollte Si nich mit meinen etnografishen studien behelligen, sondern nur wissen, ob Si mir erklären können wi ich mit disem telefonbuchgerät umgee?«

»Telefonbuchgerät? Hahahahahahaha!«

»Bitte mann, ich brauch dringend hilfe!«

»Ach so. Kumman S mit!«

In der telefonzelle.

»So jez shaun S her. Das is kein telefonbuchgerät, es heisst netbook, es is im telefon eingebaut. Jez sagt man -ON! Sen Si s, da is s licht angangen.«

Ser modern. Eine weibliche stimme, di im telefonsex-gewerbe arbeiten könnt, meldet sich:

»Gud morning, we'd be pleezd tu help u. Net, N.I.D. or book?«

Mein helfer:

»BOOK!« Und ganz leise zu mir: »aber net BUCH oder BUACH, weil de dinger versteen koa deitsh und beirish aa net.«

Dann fordert mich di stimme auf, den teilnemer zu buchstabiren. Ich fang mit i-qu- und so weiter an, das get nich. Ich muss alles mit der internazionalen buchstabirung angeben, alfa-beta-charlie, also alles wider von vorn. Aber wi heisst das wort oder der name für *q*? Weil ich mein helfer frag, stoppt das gerät, wir müssen wider von vorn anfangen. Quebec is das wort für q. Ausserdeem will das gerät nich iren normalen buchstabennamen sondern iren worldname. Da muss ich iren geburtsort wissen, was kein probleem is, das is BS für Sao Paulo, aber wi war noch ir geburtstag? Nach langem grübeln erinner ich mich. Dann gibt s ein neues probleem: Das is ein kardtelefon, dafür brauch ich eine kreditkard. Mein helfer gibt auf, mir zu helfen und get. One kard krig ich keine info. Eine vorbeigeende alte oma leit mir ire kard aus und ich krig endlich di adresse.

Ich kenn di strasse nich, wi komm ich nur hin? Ich nem mal liber ein taxi, der farer kann dann im stadtplan nachshaun. Zalen kann di Iquat, mein geld is ausgegangen. Der taxifarer is eine taxifarerin. Nach 300 meter dret si nach links, wo si grade aus hätte faren sollen, si färt gleich nach rechts, dann wider nach links, und ich frag si ob si mich besheissen will. Si sagt, si kann nich anders, es sind lauter einbanstrassen. Es is bei weitem di absurdeste streke, di ich je gefaren bin, wir wollen vom osten in den süden der stadt, müssen aber stundenlang im norden und im zentrum rumgurken. Ich wär gern bald ausgestigen, leider hab ich kein geld. Si erklärt mir alles: früer hat di stadt bukel auf di strassen gebaut, um den verkeer zu verlangsamen und di leute dazu zu bringen, das auto zuhause zu lassen. Als das nix mer genüzt hat, hat man sich ein irrsinniges einbanstrassensisteem einfallen lassen, in dem fast alle einbanstrassen ire richtung bei der näxten oder übernäxten kreuzung änderten. Aber als di autos immer mer navigazionssisteeme bekamen, di di kürzeste streke ausrechnen konnten, war das kein richtiges probleem mer. So hat man zufallsgeneratoren in di elektronishen einbanstrassenshilder eingebaut, di di richtung nach einer stunde oder zwei wochen ändern konnten. Alles shön und gut, nur, di fart kostet mich 300 euro, vileicht so vil wi eine fart mit dem zug nach Kopenhagen.

»Aber des is ja irrsinnig, do wird nimand mer mitm taxi faren!«

»Naja, 2 oder 3 fargäst in da woch kriagt ma sho. Es is immer noch billiger als beim psichoanalitiker.«

Di farerin kommt mit rauf zur wonung, zum kassiren, taxifarer sind ja nich blöd. Ich klingel. Von innen kommen laute stimmen. Ein halbstarker macht di tür auf.

»Is Iquat da?«

»Na.«

O je. Hätt ich mir eigentlich denken können. Das is wol ein son von ir.

»Wer bist du?«

»Ich? Ich bin ir son.«

»Und wer is dein vater?«

»Mein vater? Wiso wollen Si das wissen?«

»Also ich bin Pé du Jazz, ich komm grad aus dem Amazonas. Ich weiss, das macht kein sinn für dich, aber so is es halt. Kannst du mir 300 euro auslegen, damit ich dem taxifarer di fart zalen kann?«

»? – Si sind doch nich Pé du Jazz!?«

»Ich kann alles erklären, das is eine lange geshichte, aber ich muss jez di fart zalen.«

»Warten S mal. Papa!«

»Jaaa«, hört man von irgendwo hinten.

»Komm mal her!«

Ein afrobrasilianer, afrodeutsher, afroamericaner oder afroafrikaner kommt an di tür. Ich erklär ihm mein probleem.

»Wir sollen für Si di taxifart zalen? Wir kennen Si doch gar nich!«

Mann, und sizen tun si mich alle. Di familie meiner freundin.

Ich bin wirklich alein auf diser welt. Das war in Brasilien einfacher.

»Wann kommt di Iquat?«

»Heute abend.«

»Hör mal, Iquat wird di fart shon zalen, mach dir keine sorgen!«

»Ja, aber ich will nich, das si zalt!«

Ich se shon, ich hab keine shanss bei denen. Noch ein junge kommt an di tür, der is vileicht 12, dunkler und asiatisher. Das passt eer zu den eltern. Egal, ich hab keine karte und di taxifarerin wird dran glauben müssen. Keine kard, kein ausweis, si will di polizei rufen. Shon wider polizei, nein um Gottes willen. Dabei will ich nich vil, ich möcht mich nur irgendwo hinsezen und eine rauchen. Was soll ich der frau sagen? Si möcht wenigstens ein pfand. Hab ich auch nich.

»Na i hob nix und wider nix ausser meim körper, und net amoi den hob i komplett.«

»Wiso nimmst du dann a taxi?«

I verstee nich, ich mein, ich weiss ich shau nich gut aus mit meim 4-tage-bart, seit Brasilien hab ich mich nich mer rasirt. Mir felt ein fuss, und jeder sit das es mir nich gut get. Aber ja – natürlich hab ich ein körper!

»Ok, dann nimm halt meine hand als pfand. Da! Na moment, ich tu di wider zurük, na, meine rechte is blöd, ich geb dir liber meine linke, sonst bin ich ganz behindert. Da nimm! Shau, si lebt von alein weiter, aber ich krig di wider, wenn ich di fart bezalt hab, ok?«

Di farerin weicht zurük. Das war offensichtlich ein bissi zuvil.

»Wart mal, gib dei adressen, i shik dir s gäid.«

Si weicht zurük und vershwindet. Di familie meiner freundin macht di tür zu. Wenigstens hab ich di taxifarerin vom hals. Hoffentlich ruft si nich di polizei. Ich sez mich in den flur und wart bis Iquat kommt. Bald hör ich wi di tür leise aufgeet, der vater sit mich und macht di tür sofort wider zu. Jez sind si ängstlich, das mit der hand hat inen bestimmt imponirt. Nach einer virtelstunde öffnet er wider di tür.

»… Si können da nich sitzen bleiben!«

»Klar kann ich. Ich tu s auch, wi Si sen. Es is sogar zimlich leicht. Für mich is es eigentlich leichter als sten.«

»Ich ruf di polizei!«

»Mann, ich hab eine verdammt lange reise hinter mir. Sagen Si mal, wo is Iquat?«

»Bei der arbeit.«

»Kann ich mit ir telefoniren?«

Es dauert ein bissi, am shluss lässt er mich doch rein. Endlich. Der jüngere junge sitzt am kompi und telefonirt mit eim freund, den man auf dem bildshirm sen kann.

»Kann ich mich vor dem anruf rasiren?«

»Wollen Si vileicht auch baden? Und ein wiski?«

»Mann, ich hab mich seit tagen nich mer rasirt, so erkennt si mich doch gar nich!«

Leicht is es nich, ihn zu überreden, aber am ende klappt es doch. Ich shalt das rasirgerät an, es sagt *gud morning* zu mir, anshliessend teilt es mit, das ich s falsh gebrauch. Nur, wi ich s richtig gebrauch, sagt es nich. Später will es noch gestreichelt werden. Also, ich weiss nich. Und alles auf english. Mashinen sprechen grundsäzlich english in diser welt. Wir gen zum kompiuter, der mor drükt ein par mal auf den bildshirm und ich se das gesicht von Iquat. Natürlich nich Iquat wi ich si gekannt hab. Sondern 21 jare älter. Dafür hat si sich gut gehalten.

»Hei«, sagt si.

»Iquat, red mal mit dem tüpen.«

Si sit mich. Wo is denn überhaupt di kammera?

»Halo, darling, ich bin s.«

Si sagt nix mer. Ich muss reden.

»Ich bin Pé du Jazz, ich, ich weiss, Pé du Jazz sitzt im knast und is älter. Aber ich bin auch Pé du Jazz. Es is eine lange geshichte, aber ich kann dir alles beweisen. Ich weiss ser vil über dich, wo soll ich nur anfangen, ich weiss, du magst, das man deine oberarme knetet, du magst nich, das man deine knisheibe streichelt, du bist kizlig am rüken, du hast es ni gemocht, wenn ich auf irgendwelche gegenstände getrommelt hab, du hast gern gestreifte unterhosen getragen, äh, du magst kokosshokolade, und ich kann, wenn du willst, stundenlang geshichten von reisen erzälen, di wir zusammen gemacht ham. Soll ich?«

»Du kannst nich Pé du Jazz sein, der hat sich ni richtig für mich interessirt. Der Pé du Jazz weiss fast nix über mich.«

Der mor meldet sich:

»Si wissen aber eine ganze menge über si!«

Leider klingt er nich aufgeklärt sondern empört.

»Klar, ich war merere jare mit ir zusammen! Ich war ir freund!«

Iquat meldet sich:

»Wi kann das alles sein?«

»Ich kann dir alles erklären, wenn du mal bald kommst.«

Si kommt gleich, und ich darf in der wonung bleiben. Endlich bin ich in einer wonung, leider se ich kein ashenbecher breit und weit. Ich glaub, danach darf ich gar nich fragen, der tüp get mir noch an di gurgel. Ich hätt wenigstens gern was getrunken, am besten gleich ein shnaps, aber vater und 2 söne starren mich nur an und werden kaum auf di idee kommen, mir was anzubiten.

Von inen kommt kein wort, ich muss si ein bissi ausfragen. Di geben eer widerwillig auskunft. Der mor und Iquat sind seit 18 jaren zusammen. Er heisst Cornelius. Aber er is kein afrikaner sondern ein washechter beirisher mor. Und auch wenn er kein beirish mit mir spricht, is sein hochdeutsh beirish gefärbt. Vater afrikaner, mutter deutsh, di deutshe seite sit man ihm nich an. Vileicht war di mutter auch shwarz. Normalerweise arbeitet er zuhause, als EPD-rezeptor, was auch immer das is.

»Arbeiten Si für eine firma?«

»Ich bin selbständig, aber di firma, für di ich gearbeitet hab, hat unseren vertrag gekündigt. Ich war zwei wochen krank.«

»Weil Si zwei wochen krank waren, hat man Si gekündigt?«

»Ja. Ich war im hospital. Da konnt ich der shnellen evoluzion der kompiutergeneräishens nich mer folgen. Man kann shlecht eine generäishen überspringen. Als ich wider mit der arbeit angefangen hab, waren di geräte von der lezten woche shon wek. Jez muss ich ein extrakurs machen.«

»Und di kinder sind von Inen?«

»Ja.«

»Auch biologish?«

»Der kleine und di mittlere, di is aber nich da.«

»Und der grosse?«

»Der is ... von Pé du Jazz.«

Na so was. Na so was. Ich könnt jez eine szene machen, »mein son, komm her!« Ihn umarmen, aber ich glaub, das is nich der richtige moment. Wir starren uns an. Er shaut shon gut aus. Ich bin beruigt. Er starrt mich nich an, als wär ich sein vater. Ich bin s eigentlich auch nich. Er besteet aus genen meiner gene, obwohl ich ihn nich gezeugt hab. Is er über sein vater stolz, der im knast sitzt, aber doch berümt is? Sit er ihn als sein vater?

Iquat kommt. Si stet vor mir wi vor eim fremden, gibt mir di hand und sagt »halo«. Dabei hat si mich immer so übershwenglich geküsst, ich hab mir wärend der ufo-entfürung immer ausgemalt, wi si mich begrüsst, wenn ich mal wider zurük komm, leider bin ich überhaupt nich vermisst worden, ich war nich einer zu wenig, sondern ich bin jez einer zu vil. Ich bin wi ein neuer zan bei eim menshen der ein komplettes gebiss hat. Si fürt mich in ein andres zimmer. Ich erzäl ir alles. Danach:

»Wiso hast du ihn geheiratet?«

»Er is shön. Und er is gut.«

»Naja, ich kann das nich so bestätigen.«

»Er is halt eifersüchtig ...«

Wi auch immer, si glaubt mir, oder tut wenigstens so, als würd si mir glauben. Ich mag si immer noch, auch wenn si inzwishen nich mer so leicht und leichtsinnig wirkt. Vileicht is si zu lang in disem land. Si hat inzwishen iren dokter gemacht. Psichologi. Arbeitet bei Siemens. Klar. Und obwol si so ausgebildet is, is si nich eingebildet.

»Was willst du jez machen?«

»Erstmal eine rauchen. Dann eine wonung finden, später eine protese für mein fuss. Kannst du mir etwas geld lein?«

»Ein bissi shon, aber wenn du vil geld brauchst, dann musst du dein orginal anmachen, der hat geld wi heu.«

»Er hat geld wi heu? Und was macht er damit?«

»Er hat 2 filme gemacht. Davon is er nur noch reicher geworden. Und er zalt alimente für Aho.«

»Filme gemacht? Aber er sitzt doch in Stammheim, wi hat er filme gemacht?«

»Einmal im hafturlaub. Und einmal hat er ein film gemacht, der im knast spilt.«

»Und Aho is euer son?«

»Ja.«

»Wann habt ir den gemacht?«

»Er hatte grade hafturlaub.«

»Wi lang wart ir noch befreundet?«

»3 jare. Zuerst hab ich ihm ewige treue geshworen, aber es is nich leicht mit eim lebenslänglichen befreundet zu sein.«

»Is klar. Aber irgendwann müsst er doch rauskommen, oder? Is das nich so, das di meisten lebenslänglichen nach 15 jaren rauskommen?«

»Normal shon, aber der Rauch-Rampenliczki war zu wichtig.«

»O. K., di frage is: kennst du ein freund, der raucht?«

»Wozu?«

»Damit ich bei ihm bleiben kann. Ich komm in diser welt überhaupt nich mer zum rauchen.«

»... fällt mir grade keiner ein. Es gibt nich mer vile raucher heuzutage. Du kannst gern hir bleiben, nur rauchen kannst du nich.«

Nein, hir will ich nich bleiben. Ich darf nich rauchen und di familie starrt mich di ganze zeit an. Ausserdeem is es irgendwi komish, mit meim son. Ich sprech mit jedem menshen anders, je nach dem, wi er zu mir stet. Mit eim son sprech ich anders als mit jemandem, der nich mein son is, aber was is er? Son oder nich son, das is di frage. Gut, wir gen di liste der freunde durch. Wem kann man mich als gast zumuten? Wer is freund, wer is bekannter? In disem fall wird s leicht: freunde sind di leute, bei denen man pennen kann. Di liste reduzirt sich von 200 namen auf 30. Leider fast alles nichtraucher. Am ende bleibt einer übrig, der freund is, raucht und in München wont. Nur, der is im urlaub. Di leute sind einfach nich mer auffindbar.

Ich muss vorläufig hir bleiben. Und darf nich rauchen. Draussen verbitet es der stat, drinnen mein gastgeber. Wenigstens hab ich keine ashe in meiner butter und andre bestseller. Si erzält der familie meine geshichte, di s mir jez glaubt, ma non troppo. Di tochter is auch da, eine exotishe junge shönheit. Melissa heisst si. Si heisst so weil Cornelius eine plözliche lust hatte, melissentee zu trinken, als Iquat reinkam und erzälte, das si shwanger war. Das is in Afrika so, di namen kommen so, von inspirazionen. Ich weiss, er is nich afrikaner. Hab ich auch nich gesagt. Mein son sit mir relativ änlich, er hat grosse oren und eine grosse, platte nase. Nich so gross wi meine, aber er hat ja noch zeit.

Überall sten hir kompiuter rum, sogar auf dem klo. Di kinder kennen sich gut mit kompiutern und haushaltsgeräten aus, wobei der untershid zwishen beiden verwisht. Haushaltsgeräte ham meistens ein kompiuter integrirt, und kompiuter sind sowiso haushaltsgeräte. Di kinder jobben vil mit programiren und repariren. Heuzutage is es wider rentabel, kinder zu haben. Si sind di einzigen, di mit der technik shritthalten (natürlich nur so lang si kinder sind). Der jüngere son heisst Blaitis und versucht seit tagen, den streit zwishen mixer und kaffeemashine zu shlichten. Vile alte probleme sind vom tish, dafür gibt s jede menge neue. Der mixer is eifersüchtig, er is auf di kaffeemashine sauer, weil si mit dem staubsauger libäugelt. Dabei weiss doch jeder, das das eine unmögliche libe is, di kaffeemashine immer oben auf dem tish und der staubsauger sozusagen ein bodenarbeiter. Di kaffeemashine is nich ganz dicht, der kaffee tropft auf den boden und der staubsauger is sofort da und lekt devot alles ab. Was sich da für dramen abspilen!

Aho leidet momentan ser weil seine grosse libe ihn verlassen hat. Eine virtuelle libe war das, si hat wirklich gut ausgeseen, aber gemeint, er is ein egoist wi alle männer, warsheinlich war di programirerin eine emanze. Virtuell wird heuzutage alles angeboten: sogar Elvis Presley und John Lennon singen neue songs. Nich wenige komponisten, di nich singen können, verkaufen ire songs nich mer an lebende künstler, sondern an fämlis oder kompanis, di di rights von disen singers verwalten. Mick Jagger lebt und singt immer noch, zimlich fitt der bursche. Momentan nur noch virtuell fitt, in leif-konzerten wirkt er etwas heruntergekommen. Michael Jackson is momentan 17järig und stroblond.

Mit Iquat is es aus, das war klar. Es tut mir nich einmal richtig we, es is so, als wär ich ein andrer mensh und si auch, was wir eigentlich auch sind. We had a cuppal of nise moments. Jezus. Damals, damals. I remember.

Si war mit irer mutter aus der provinz gekommen, um eine freundin zu besuchen, di auch meine freundin war. Wir sind zu virt in di nacht aufgebrochen. Ich war shon interessirt. Di mutter hat sich immer dazwishengestellt, nich weil si ire tochter verteidigen wollte oder weil si hinter mir her war, sondern weil si so ein mensh is, der immer dazwishen stet. Reden is ire liblingsbeshäftigung. Dabei is si in Japan geboren und erst im alter von 5 jaren nach Brasilien gekommen. Aber 45 jare in Brasilien hinterlassen einige unlöshbare spuren. Wi auch immer: du willst di tochter aber bekommst di mutter. Und dann war da noch diser tüp in der disko, der auch hinter ir her war. Hinter der tochter natürlich. Und er hatte mer erfolg, weil di mutter nich zwishen ir und ihm stand, sondern zwishen ir und mir. Nach der disko is Iquat in seim auto nach hause gefaren. Eine einzige katastrofe. Am zweiten abend sind wir alle wider ausgegangen, 3 tage wollten si bleiben. Ich hab geseen, das ich so keine shansse haben würde. Also 180° kursänderung. Mutter auf di seite geshoben, i want this gurl! Er tanzt mit ir, ich tanz mit ir, er zit von der einen seite und ich von der andren, si fült sich überhaupt nich mer wol, O.K., bevor si get, ge ich. Trozdeem sen wir uns alle wider am näxten abend in einer kneipe. Dismal sind wir zu sext, ich bin relativ weit wek von ir, er auch, ich shib ir ein zettel in einer shachtel streichhölzer hinüber: *Ge nich morgen!* Ich kann es sen, das hat si getroffen, und als es si getroffen hat, hat es auch mich getroffen. Immerhin entsheiden si, über silvester zu bleiben. Wir treffen uns auf einer kleinen parti in der wonung von eim andren freund. Freund nummer 5. Wir reden nich miteinander, obwol si der einzige mensh hir is, mit dem ich reden möcht. Und ich glaub fast daran, das es für si nich anders is, so wi si mich manchmal anshaut und sich mir näert. Möchten wir uns nich was sagen? Nur, was? Shade. Lezter tag, is halt nich gelaufen. Und dann sitzt si irgendwann in der mitte der runde, di mutter fragt, warum si grade so komish is, alle hören zu, und si antwortet, das si gar nich komish is. Di mutter fragt, ob si ein wunsh hätte, den si erfüllen könnte. Ja, sagt Iquat, ich möcht mit Pé alein sein. Dann ge halt, wenn es dich glüklich macht. Und alle in der runde sind der gleichen meinung. Wenn es si glüklich macht, warum nich. Der von der konkurenz macht dazu keine äusserungen. Ich auch nich, aber weil es mir gut get. Wir faren los und tauchen in di nacht ein. Wir wollen ein feuerwerk von weitem anshaun, durch lere strassen spaziren. Dann treffen wir auf disen fridhof, den das feuerwerk und das gejodel völlig kalt lassen. Der fridhof will keinen reinlassen, aber nachdeem wir über di mauer gesprungen sind und es uns mit kerzen und sekt gemütlich gemacht ham, knurrt er nich mer und shläft wider ein. Unser piknik is auf dem grab der familie Tarojan, di vileicht armenishen ursprungs sind. Mann, es is shon erstaunlich, wi vile armenier es auf der welt gibt. Als es hell wird, faren wir zu mir. Si hat sich entshiden, noch etwas länger zu bleiben. Wir faren zu mir, ich freu mich shon auf di näxten stunden, und dann, ja, vor der tür ereilt mich der shiksalsshlag: ich hab den wonungsshlüssel verloren. Geldbeutel und shlüssel. Vileicht im auto, das irgendwo in der stadt vor sich hin döst, vileicht in einer der kneipen oder auf dem fridhof, beim grab der familie Tarojan. Wo suchen? Zuerst zum auto faren, aber dafür braucht man ein taxi, und dafür braucht man geld. Wir erklären di situazion dem taxifarer, er is nich ser begeistert, macht trozdeem mit und wir finden alles wider. Wir faren zurük zur wonung und liben uns zwei tage und zwei nächte lang. Ich mein, ich brauch keine eufemismen, wenn ich *liben* sag, dann nur, weil es dafür kein andres wort gibt.

Ich war ser fro, das ich jemand gefunden hatte. Männer sind shiffe und fraun sind häfen. Andrerseits, heuzutage wandern nich nur di shiffe von eim hafen zum näxten, auch di häfen wandern von shiff zu shiff.

Später kamen di ruigen jare, auch di stürmishen jare ... eigentlich, wenn ich mir si so anshau, hat si sich weniger verändert als ich. Si hat länger geleebt, ich hab mer erleebt. Oder vileicht umgekeert? Ausserdeem leid ich sowiso nich mer wegen fraun. Ich hab zu oft wegen den fraun gelitten, und das hat mich ermüdet. Ich kann nich mer leiden, wegen ermüdung. Iquat is nett zu mir. Ich glaub, si hat mir gegenüber ein shlechtes gewissen, weil si mit eim andren zusammen is. Darf si ruig haben. Ein bissi shlechtes gewissen shadet nimandem. Trägt nich jeder etwas shuld mit sich?

Di kinder kann ich langsam gewinnen, weil ich inen zeig, wi unbeholfen ich in diser ach so wundersamen zeit bin, ich mach mich lustig über mich, nur der alte mor bleibt skeptish. Ich mein, ich verstee das, du würdest auch keine kilometerhoen freudensprünge veranstalten, nur weil der ex-freund deiner frau bei dir einzit. Ärgerlich is für mich, das ich dauernd vershwinden muss, weil es immerzu regnet und mein bauch wider mit dem geshwafel anfängt. Es gibt in Deutshland bestimmt kein leichteren beruf als meteorologe: im winter shneit s, im sommer regnet s. Und im april get er in urlaub. Trozdeem machen si manchmal feler. Das si feler über das morgige wetter machen, kann ich noch gut versteen, aber über das jezige!? Einmal, im lezten jartausend noch, doun bak in time, bin ich auto gefaren und hab im radio gehört, das es troken bleibt. Wenn es troken bleibt, heisst es doch, das es troken *is*. Dabei war mein sheibenwisher auf vollen turen. Di könnten manchmal von iren satelitenfotos wek gen, das fenster aufmachen und di hand rausstreken. Vileicht tun si das nich, weil si angst ham, ein ufo könnt reinfligen und si mitnemen. Dise wetterfröshe sind sonderbare vögel ...

Da ich nich mit disem namen Pé du Jazz rum laufen kann, muss ich mir wider ein gefälshten pass besorgen. Ein deutsher pass is shlecht, weil ich dafür irgendwo angemeldet sein muss. Anmelden kann ich mich nich, weil ich dazu eine abmeldung brauch, und gefälshte abmeldungen ham meine liferanten nich. Ein pass von eim EG-land is genauso shlecht, ich hab erfaren, das di polizei adressen in andren EG-ländern kontroliren kann, ausser in England, da gibt s immer noch keine meldepflicht – man kann sich nich einmal melden, wenn man lust dazu hat. Es gibt ja nich einmal ein wort dafür – pleez, sur, i wud like tu meld here in Southampten – is ja lächerlich. Es is mir zwar noch nich passirt, aber vileicht passirt s dir, das du plözlich eine unbändige lust krigst, dich in England an- bzw. abzumelden. Ein dorn im auge der resteuropäer, vor allem der deutshen, dise unmeldepflicht. Gut, ich kauf liber ein pass, der der warheit einigermassen entspricht, ein brasilianishen. Brasilien, hab ich in eim Fischer-Weltalmanach gelesen, hat kein so shlechtes immige mer. Natürlich grassirt dort di armut, aber das tut si heuzutage überall. Das is di weltdemokratisirung, alles verteilt sich. Was zält, is wivil geld in eim land zusammen geshaufelt wird, und Brasilien, das zu meiner zeit noch das achtgrösste bruttosozialprodukt hatte, is inzwishen di fünftgrösste wirtshaftsmacht geworden, nach den USA, China, Japan und Deutshland. Praze the lord! Prokopf-mässig is es von den mittleren rängen der 2. welt in di unteren ränge der

1. welt aufgerükt. Das Brasilien wirtshaftlich wichtiger geworden is, sit man daran, das sich einige deutshe geldfälsherbanden dort rumtreiben. Zu den zeiten der inflazion hätte sich kein europäer damit abgemüt, unser geld zu fälshen.

Di russen sind gleich hinterher. Nachdeem si lange zeit im 20. jarhundert di nummer 2 der welt waren, sind si im freien fall abgestürzt, und lifen nur noch unter ferner lifen. Der bär aber hat inzwishen gelernt, so shnell wi ein tiger zu sprinten und eilt zur spize. Ansheinend hat der westen dauernd ärger mit den chinesen und mit Fernost im allgemeinen, aber es bleibt Gott sei dank beim wirtshaftlichen. Meistens. Was di chinesen in Taiwan getan ham, war nich di feine englishe art. Ich weiss, nich einmal di engländer ham alle ire probleme auf di feine englishe art gelöst, aber das hir war eine nummer chinesisher. Der Westen verlirt an wichtigkeit, 2/3 des gesamten bruttosozialprodukts der welt kommt aus Asien, und ob si eine washmashine mer an di USA verkaufen, is inen pip-wursht. Ja, auch washmashinen gibt s in disen modernen zeiten. Klar, si sind vollkompiuterisirt, washen noch weisser und spilen dabei musik, andrerseits kann man si unmöglich bedinen wenn man kein programirer is. Vor allem wegen der musik. Und one musik laufen si nich. Fortshritt würd ich nennen, wenn man kein kleidershrank mer braucht, sondern täglich neue kleidung vom kompi bestellt, nach mass, versteet sich. Natürlich würde di kleidung nach eim tag zum vollbioökologishen düngemittel mutiren, und auf welche erde man es auch immer giesst, tags darauf würden ein duzend winterfeste bananenstauden waxen.

Deutshland is wirtshaftlich besser dran als früer, das heisst, das geld hat sich vermeert, was aber nich heisst, das es allen deutshen besser get. In der weltwirtshaftsliga is es ein bissi abgerutsht. In andren bereichen is es ser durchshnittlich. Di deutshen bleiben gern in der unauffälligen mitte der oberen klasse. Sind si zu stark, wird man inen nachsagen, das si gefärlich sind. Sind si zu shwach, wird man inen nachsagen, si sind zu blöd.

Passfälsher bzw. -händler zu finden is nich leicht, si sten nich im telefonbuch und man kann nich einfach auf der strasse passanten fragen, ob si wissen, wo s hir zum näxten passfälsher get. Man muss sich in den einshlägigen lokalen an di leute rantasten. Ich krig immer eine paranoia wenn ich solche lokale betreet. So wi wenn ich in ein sex-shop ge. Shaut mir keiner zu? Dahinten kommt eine oma, aber omas arbeiten nich für di polizei. Normalerweise. Nich immer sen di pass-fälsher wi passfälsher aus. Di frau, di ich nach einer woche find und di sich bereit erklärt, mir ein brasilianishen pass zu besorgen, könnt auch nachrichtensprecherin von den Tagesniuś sein. Atraktiv und mit eim untadligen autfitt. Si macht das nur weil si geld für ire kulturproiekte braucht. Tia, wenn s für di kultur is. So bin ich praktish selber zum filantrop geworden.

Mit dem pass shaff ich den ganzen rest mit der linken. Anmeldung, lonsteuerkarte, konto, kreditkarte. Ich bin wider ein mensh. Pässe ham sich in den lezten 100 jaren praktish kaum geändert, auch di falshen, ausser das si jez absolut fälshungssicher sind. Ansonsten: aus papir, mit vilen buchstaben, usw. Das passbild is nich dreidimensional oder so, naja gut, dann würd es in den pass nich passen und wär kein passbild mer.

Weinachten war shön. Di kids lib zu mir, wi zu eim netten onkel. Auch Iquat war ser lib, hat mir alles gebracht, was ich mir gewünsht hab, di kerzenflammen tanzten. Jedes der kinder (ach wi si waxen!) hat mir ein geshenk gegeben, natürlich alles digitalish, krizkrazen, quincallerien ... hat mich aber gefreut. Dise ungleichen kinder ... Iquat hat mir eine astronautenuniform gegeben – für mich, spinnst du? Ich werd doch weder im leben noch im tod so eine klaununiform anzin! Wer will, soll es tun, ich respektire, aber ich selber? Darauf lachte Iquat. Ich mochte immer ir lachen. Ein etwas nervöses lachen. Wo die augen bei normalen menshen halb auf sind, waren si bei ir shon ganz zu. Si is immer noch ein shöner mensh. Noch shöner, Cornelius der mor hat mir ein teddibär geshenkt. Und mich richtig angelächelt, etwas shüchtern. Ich mein, ich bin nich shwul, nein, ich sag s nur, es war eine shöne geste. Natürlich war der teddi vom praktishen wert nich so wichtig, aber es war ein zeichen. Das ihn bestimmt einige überwindung gekostet hat. Iquat und Cornelius küssten sich dann, man sa, das si sich liben und sich versteen. Zumindest unter dem kerzenlicht. Wegen dem saz musst du lesi nich gleich das gegenteil denken. Ich find es faszinirend, man kann so mittendrin in eim absaz ein gespräch mit dir lesi anfangen, du bist überall in der zeit, du bist morgen und du bist in hundert jaren, falls dises buch nich eingestampft wird. Und du wirst dises buch lesen und zu mir shaun wi ein kind in ein brunnen. Ich beneide dich, du weisst vil mer als ich. Aber bemitleid uns nich. Ir seid bestimmt auch nich ganz sauber in eurer zeit. Du denkst wir sind im dunkeln, aber wir sind di dunkelheit gewont, unsere augen untersheiden alle farben wi bei euch. Wir denken, bei uns is es ganz hell. Beim zanarzt tut es in unseren zeiten manchmal noch we, und man muss immer irgendwann mit 40, 60 oder 80 sterben. Blöd. Noch 80 jare, bitte! Damit ich alle dise landshaften da draussen in der zeit sen kann! Vileicht hast du das buch ganz zufällig in einer verstaubten katakombe gefunden und fragst dich verwundert: was will diser mensh überhaupt sagen? Aber gut, wir feiern weinachten: Melissa hat Aho geküsst, obwol si sich in lezter zeit überhaupt nich verstanden ham. Si hat sogar mir ein kuss gegeben. »Ja und wo gest du hin, darling, komm her in meine arme, ja sooo, dises haserl wird mir doch nich ein zungenkuss verweigern?« Nein, das hab ich nich gesagt, hätt es aber vileicht sagen können. Ich hab den kuss von meiner wange in der holen hand eingefangen und ihn vorsichtig in di hemdtashe geshoben. Der muss für wer weiss wi lange reichen. Es gab vile süssigkeiten, und das alles füllte mein herz mit freude. Früer war mir das so langweilig, und jez kommen mir di tränen, wenn 2 menshen sich näern. Shon lange her, seit mer als 20 jaren feier ich keine weinachten mer. Ich war verhindert.

Eines tages bin ich bereit. Ich nem abends den zug nach Stuttgart-Stammheim. Shaun wir mal, was aus mir geworden is. Werd ich den anblik überhaupt ertragen können? Shon damals sagte Rilke: »Di zukunft is zerfall«. Und wenn er s nich gesagt hat, sag ich es jez.

Der zug, wider ein alter zug, färt los, shon wider kein abteil nur für mich. In eim abteil sitzt nur eine frau – ja das is ja di Nane! Mit der war ich doch im zug in Brasilien!

Das gibt s ja nich!

»Ja halo, was für ein zufall!«

Unangeneem das ich shon wider als zweiter komm, di könnte denken, ich verfolg si di ganze zeit, vileicht so ein sittenstrolch. Ich würde si gern umarmen, so was reduzirt di distanz zwishen den körpern, man muss nich gleich um entshuldigung bitten wenn man sich dann zufällig berürt. Is egal, ich tu s nich, weil si keine anstalten macht, aufzusteen und mich leidenshaftlich zu umarmen.

»Ja« – lächelt si. Ich gebe zu, das ire antwort »ja« relativ einsilbig is, wenn nich gar absolut. Aber wenn es aus disem liblichen mund kommt, is es mir liber als wenn mir Göte höxtpersönlich gute-nacht-geshichten erzälen würde.

»Ja«, entgegne ich – auch lächelnd. Mir felt ein fuss und ein halbes or, meine 5-promille-augen ham den sex-apil von einer dose tomatensaft, also entsprech ich mit an sicherheit grenzender warsheinlichkeit nich irem idealtüpus. Nein, ich bin nich auf komplimentejagd, du kannst mich nich trösten. Dabei hätt ich das eigentlich gut gebrauchen können. Vom ufo entfürt, aufenthalt auf eim shlammplaneten, dann fuss wek und di freundin hat 3 kinder mit eim andren mann. O.K., den fraun-verlust kann man auch als gewinn sen, aber was is mit dem fuss?

Also wenn es ir so gut get, heisst das, das si nich entfürt worden is, weder von ufos noch von bösen brasilianern, sondern si is tatsächlich abgehaun. Nein, ich werd si nich fragen, warum si vershwunden is, si hat bestimmt keine passende antwort und ich will si nich drängen. Tun wir so, als wär nix passirt. Si verhält sich komish, warum soll ich mich nich auch komish verhalten? Dismal muss ich irgendwi anders vorgeen, das lezte mal bin ich ir zu na gekommen. Ich will si fragen wo si grade her kommt, aber soll ich mein ruhm vom verwegenen künstler mit eim einzigen saz ruiniren? Es muss eine originellere frage her, mein freund! Nein, eine frage, wo si her kommt, is nur stammwörtlich ORIGINell, es muss was absolut unerhörtes sein.

»Wi get s?«

Nein, das hab nich ich gesagt, das war si. Si übernimmt di iniziative. Zwar rechne ich iren saz nich zu den säzen, di auf den orginalitäten-olymp gehören, aber *wi* si das gesagt hat!

Da muss jez eine antwort von mir kommen, di alle parameter sprengt, alle konvenzionen mit eim superknall in ashe verwandelt. Wi wär s mit »shlimmer als gestern, aber besser als morgen?« Vileicht zu pessimistish. Man wird leicht für jemand gehalten, der man eigentlich doch is. Oder »nich so gut wi dem Rockefeller in den Bahamas aber besser als eim strassenhund in Äthiopien.«

»Nich so gut wi dem Rockefeller in den Bahamas aber besser als eim strassenhund in Äthiopien.«

Also wenn dise antwort alle parameter gesprengt und alle konvenzionen mit eim superknall in ashe verwandelt hat, dann lässt si sich das nich anmerken. Ich glaub si hat es akustish nich verstanden, wi si so kukt. Lass ma s gut sein. Oder versuch ma s nochmal? Vileicht »ich krig kein fuss im leben«? Nein, mit der eigenen behinderung koketiren, ich weiss nich. Ich versuch s mit etwas mer patos.

»Ich war kein milimeter mer vom selbstmord entfernt, ich hatte shon vom leben abshid genommen, und nich mal dann drete es sich zu mir um, um mit dem tashentuch zu winken. Und plözlich betrete ich disen raum, und deine gegenwart erleuchtet ihn, als würden zentausend sonnen (von den ganz grossen) nur auf ihn sheinen.«

Si lächelt. Gut, das hat si shon öfter getan. Shaun wir mal was si zu Brasilien zu sagen hat.

»Wi war s in Brasilien?«

»Shön. Und wi ging s dir?«

»Naja, di landshaft war O.K., aber ich hab kein einzigen freund, kein einzigen verwandten gefunden. Offensichtlich bin ich in der falshen dimension gelandet.«

Wir taushen ein par floskeln über Brasilien aus. Das land der superlative. Der negativen superlative. Es bleibt alles ser an der oberfläche, wir reden, als wären wir zwei halbfremde. So als wär zwishen uns nix gewesen. War auch nich, wiso hab ich mir das in den kopf gesezt? Wenn das alles in der umgebung von München passirt wär, ich mein, es is nix passirt, aber du weisst was ich mein, wenn das alles in München passirt wär, würd ich auch sagen, das absolut nix passirt is. Aber wir ham immerhin eine gemeinsame vergangenheit, wenn auch eine ganz kleine, in eim fremden land verbracht. Klar, Brasilien is mein land, und ir war s auch nich fremd, si hat sich besser ausgekannt als ich. Vileicht is es auch so, das in disen zeiten der grossen mobilität Brasilien für si nix anderes bedeutet als zum beispil Germering, ein vorort von München.

Also, wenn ich si weiter ansprech, wird si wömoglich, pardon, womöglich meinen, ich will si anmachen. Am besten lässigkeit demonstriren und ein bissi einshlafen.

Eigentlich wollt ich nur di augen zumachen, aber ich war müde und bin tatsächlich eingeshlafen. Wertvolle stunden hab ich verloren, wir sind bald in Stuttgart und ich hab noch nix von ir! Keine telefonnummer, nich einmal iren nachnamen. Jez kann und muss ich si ansprechen, ich werd ein bissi dösen und di frage mit eim gänenden blik stellen, damit si denkt, ich will nur etwas unterhaltung um wach zu bleiben. Nachdeem ich 5 minuten erfolglos versuch, mir eine wenn nich parametersprengende und konvenzionen-in-ashe-verwandelnde dann wenigstens gute frage auszudenken, merk ich das mir di linke hand abhanden gekommen is. Si ligt auf dem boden. Ich heb si auf und kleb si wider hin, verdammt noch mal, shon wider runtergefallen, di frau hat das bestimmt geseen, di Nane, mein Gott, wiso hab ich s nich gemerkt? Wenn eim shon eine körperparti felt, fällt das vershwinden von andren körperpartin nich so richtig auf. Und warum klebt es nich mer so richtig? Verlir ich an persönlichem magnetismus? Jez muss ich zu ir rüber shaun, ja, si shaut zu mir rüber, nich einmal so richtig erstaunt. Di kulness wird gespilt sein. Ich lächel und si lächelt zurük, bedeutungsvoll. Nein, nich bedeutungsvoll einladend sondern nur bedeutungsvoll und punkt. Shnell shnell, eine erklärung finden!

»Das sind di neuen protesen, oder? Sheisstechnik.«

»Ja, man sagt, si sind an sich gut, aber di meisten leute montiren si falsh. Das is shwirig, ich weiss. Früer ham di krankenkassen di montage bezalt.«

Was wird si überhaupt über mich denken, mit der hand? Warsheinlich das ich si nich alle hab. Plözlich stet si auf und vershwindet in den gang.

»Si hat ein wunderbaren arsh, sollte aber mer auf ire haltung achten. Das hab nich ich gesagt, das war mein bauch. Der regen. O je, jez get das shon wider los.«

Mein bauch hat shon wider dise unbändige lust, di welt über meine gedankengänge zu informiren und ich muss in der toalette vershwinden, bevor si zurük kommt. Der zug färt an Stuttgart vorbei, ich muss auf dem klo bleiben. Kaum sind 2 stunden vergangen, hört der regen auf. Ich ge zurük zu meim abteil, ja di frau is noch da!

»Wolltest du nich nach Stuttgart?«

»Ich bin eingeshlafen ... und du, du wolltest doch auch in Stuttgart aussteigen?«

»Ja ja, das stimmt ... ich bin auch eingeshlafen«.

»Du warst di ganze zeit wek, wo hast du geshlafen?«

»Ja, ich bin ... auf dem klo eingeshlafen.«

Si lacht. Eine frau zum lachen bringen is di halbe mite.
»Wir müssen bald aussteigen ...«
»Ja ...«
»Warsheinlich färt kein zug zurük nach Stuttgart um dise urzeit. Vileicht sollten wir im zug bleiben ...«
»Vileicht ...«
Di wird doch nich wirklich aus dem zug aussteigen wollen, oder? Und wenn? Ich kann doch nich von »wir« sprechen, ich steiger mich da zu ser rein. Wenn man auf dem libesmarkt eindeutig »minderwertig« is, also wenn man zu alt is, zu dik oder eben nur ein fuss hat, sollt man über ein mögliches füsishes näerkommen weder sprechen noch denken. Wenn am ende trozdeem was läuft, na gut, das nennt man dann gewinn.

Si bleibt im zug. Ich auch. Heuzutage gibt s keine shaffner mer, manchmal werden di züge kontrolirt, und wer keine farkarte hat muss vil zalen. Egal. Wir ham grade den koblenzer hauptbanhof verlassen. Ich möcht gern das gespräch am leben halten. Eigentlich is di beste strategi dijenige, di di eitelkeit der frau leicht streichelt. Fraun sind eitel wi jeder normale mensh, andrerseits merken si leichter wenn ein kompliment nich stimmt, wenn es aus der spruchtrue stammt, offenauglich wi si sind, di biester. Eine sichere und diskrete art des kompliments is, inen aufmerksam zuzuhören. Ich würd ir gern zuhören, dafür wär es allerdings nötig, das si spricht, und das tut si nich. Und wenn, dann um eine frage zu stellen. Nach einer frage hört man nich zu, sondern man antwortet.
»Was war mit deim fuss?«
»Das war ein meteoriteneinshlag.«
»Gross, der meteorit?«
»Ja du, risig.«
»Am Amazonas?«
»Ja, du, da passiren di seltsamsten sachen, das gebit is zu gross, nimand kann es richtig kontroliren.«
Ich könnt stunden lang mit diser frau rum blödeln.
»Pechduster, draussen, oder?«

»Gar nich so richtig. Ich glaub es is vollmond, aber er is hinter den wolken.«

»Hinter den wolken, na so was.«

»The dark side of the moon ...«

»Wi?«

»The dark side of the moon, das war in den 70er jaren des lezten jarhunderts ein hitt, aber da warst du noch gar nich geboren.«

»Du doch auch nich?«

»Doch. Ich mein, ich se so gut und jung aus weil ich ein par jare übersprungen hab. Es gab eine zeitshleife ...«

»Eine was?«

»Eine zeitshleife. Es is nämlich so, das wenn man zu shnell is, man eine menge zeit verlirt.«

»Wi wahr«.

Und jez will si gleich alles wissen. Komisherweise nix über zeitshleifen.

»Was machst du so beruflich?«

Nein, ich kann ir nich sagen, das ich der berümte und mörderishe shriftsteller Pé du Jazz bin. Was kann ich sonst noch mitteilen?

»Ich bin pastor bei den zeugen Jehovas, in der freizeit v-mann bei der polizei.«

Mann, si wird denken, si krigt keine einzige ernste antwort auf ire fragen. Ich tu weder ire eitelkeit streicheln noch zeichne ich ein gutes bild von mir für si.

Wir faren noch an ein par banhöfchen vorbei, und uns beiden fällt nix mer ein, was wir den andren fragen könnten. Si sagt mir:

»Ich weiss nich was du machen wirst, dafür weiss ich was ich machen werd, und zwar shlafen. Ich bin nämlich müde.«

Ja, shlaf halt. Gute nacht. Ich sez mich auf di andre seite, so kann si sich der banklänge nach ausbreiten. Get aber nich, weil ein sitzarm nich rauf will. Ich will ir helfen, versuch s mit brachialer gewalt, aber der sitzarm is fest entshlossen kein zentimeter von seim plaz zu rüken. Also sitzreien taushen, weil ich ja nich shlafen will und mich stört der unkooperative sitzarm nich. Blöderweise is in der andren reie auch ein sitzarm kaputt. Bleibt nur eins übrig: wir müssen alle 6 sitze zueinander shiben, damit si shräg shlafen kann, das abteil wird zu eim shlafsal.

Ich muss mich den neuen gegebenheiten fügen, mich auch hinlegen und quer shlafen. Di distanz unserer körper zueinander beträgt etwa 15 bis 20 cm. In der mitte, wegen der nichzurükklappbaren sitzarme, könnte es sich um 10 cm handeln. Sozusagen am näxten. Blöd. Wenn da eine kurze kolision entsteet, wird der unfall womöglich noch als annäerungsversuch interpretirt.

Der zug tuktukt so dahin, ein soul in der ferne, obwol, wenn wir unbedingt erlich sein sollen: der zug wuuuuuuuumt so dahin. Di anzal der u's ergibt sich nich aus der geshwindigkeit sondern aus der anzal der wagen. M stet für mampfwagen.

Und dann is es passirt. Di befürchtungen über di kolision im bereich Mitte ham sich bewarheitet. Dabei hab ich mich streng an meine seite gehalten. Si hat sich auch sofort zurük gezogen. Meine damen und herren, wir sind hir nich in eim vergnügungsvirtel, hir is nix passirt, Si können weiter gen, bitte gen Si weiter!

Ich mein, eine leichte erregung is shon vorhanden, nich wahr. Das wird bei dir lesi nich anders sein. Oder is bei dir der zug shon längst abgefaren? Für mich kommt ershwerend hinzu, das ich si gut sen kann. Und si hat ein kurzen rok an, der dazu tendirt, dem mondshein immer mer haut preiszugeben. Ja, ja, der mond sheint wi bestellt rein, augenbliklich is keine wolke weit und breit zu sen. Da hat so eine weibliche haut eine ganz besondere australung, oder?

Naja, dann wider. Klar, keine shlimme sache, ne? Keine dellen an der karosseri. Beim ersten mal war ich shon shokirt, aber man gewönt sich dran, nich wahr. Si gewönt sich auch allmälich dran, si braucht immer länger, um zu merken, das wir uns so hautna erleben, um sich dann wider zurük zu zin. Und di zeit, di zwishen dem zurükzin und der erneuten »kolision« – kann man das noch kolision nennen? – vergeet, wird immer kürzer. Der kontakt mit irem körper wekt kantaten in mir, woran mag es ligen? Vileicht an der weichheit, diser ungeanten weichheit ...

Wir ham uns mit den plazproblemen arrangirt. Kushelig halt. Extreem kushelig. Es reibt so ein bissl. Das is shon zimlich vil sand für mein lastwäglein, immer mit der rue, ey, wann hab ich mein leztes EKG gemacht? Und di hize, di war shon vorher so shlimm, und nu näern wir uns dem no return point.

»Jez is si in den beinen und in den gegenden daroberüber auch gänzlich und völlig unbedekt. Di unterhose is weiss wi der mond sheisse mein bauch redet shon wider ich muss sofort wek hir warum hält si mich fest?«

»Ich möcht di geshichte zu ende hören.«

»Ich muss wek hir.«

»Später kannst du gen.«

»Was heisst später ich muss jez gen weil ich muss jez gen weil jez regnet s und wenn es regnet shwafelt mein bauch pausenlos und bla bla bla bla bla.«

Kurz und gut: ich sag ir, wi stark meine lust is, alle geheimnisse, di unter irer kleidung lauern, kennenzulernen, leider nich so poetish sondern mit einer ser direkten und reduzirten wortwal, dafür hätt ich von meiner mutter einige orfeigen gekrigt. Ich red halt vom bauch her. Und als wär das nich genug, erzäl ich meine ganze geshichte. Di erzäl ich dir nich wider, hoffentlich hast du si noch nich vergessen. Tatsache is, das ich was weiss ich wivile stunden geshwäzt hab. Es kam mir ewig vor, bis der regen aufgehört hat. Es is shon ein fänomeen, diser redezwang bei regen. Ich glaub, das könnte nich einmal Einstein erklären. Vor allem jez, wo er sozusagen dahin is.

Si bittet mich, weiter zu erzälen. Vileicht hat si gar nich gemerkt, das nich ich sondern mein bauch geredet hat. Ich erzäl weiter, si unterbricht mich:

»Warum is deine stimme plözlich höer?«

»Damit ich dich besser ansprechen kann, kleines.«

»Und warum machst du jez längere pausen?«

»Damit ich dich besser sen kann.«

»Und was hast du eigentlich am anfang geredet?«

»Am anfang von was?«

»Als du angefangen hast, pausenlos zu reden.«

»Ich bin nich mer imstande, mich zu erinnern, das is bei der ganzen geshichte shon zu lange her.«

»Natürlich bist du imstande.«

Di frau lässt nich loker.

»Bin ich nich klar genug gewesen?« – Augenbliklich is egal, let it go, alea jacta est.

»Eigentlich shon. Ich verstee nur nich, wiso du zu etwas lust hast und es nich tust.«

Hab ich richtig gehört? Hat si mich grade zu sich eingeladen? Eine andre interpretazion is doch unmöglich! Das hat mich ganz shön kalt erwisht. Ja dann ... wo soll ich bei der frau anfangen? Mein adrenalinpegel is bei 240,6.

Erstens muss ich di distanz in allen längen- und breitengraden zwishen mir und ir reduziren, ja, so, das fült sich shon vil besser an, der mond sheint mit vollen rotoren, und mir is anders.

Troz der aufregung is der rütmus unserer aktivitäten eer lässig, wi es sich in eim zug gehört, der vom vollmond beshinen wird. Ich versuch, dise lässigkeit noch zu betonen, indeem ich ir eine situazionsfremde frage stell. Es soll auch fraun geben, di sich von intelektuellen gesprächen wärend der äkshen angereegt fülen.

»Glaubst du das der börsenkrach in Shanghai ein einfluss auf den ölpreis und damit auf di gesamte soziopolitishe situazion in naost haben wird?«

»Was?«

Vileicht lass ich es doch liber sein. Ire konzentrazionsfäigkeit lässt deutlich nach. Ir stönen wird mit der zeit immer lauter, aber ich se mich nich imstande, si dafür zu tadeln. »Sei doch bitte etwas leiser, ich glaub sogar der lokfürer kann dich shon hören, 5 wagen weiter!« Kann man nich bringen. Das is kein kavalirsdelikt, das is ein verbrechen. Dise lebenswichtigen fragen bringen mich zum rasen, di sache eskalirt, si wird noch lauter, ich fül mich noch eskalirter, eine garstige stimme dringt vom keller meines unterbewussten in di bewusste zentrale, »for God's sake, man, giv hur wat she s asking for!«

Jez muss ich wirklich disen notizblok irgendwo hinlegen, ich hab allerhand zu tun, da braucht man 2 hände und den ganzen rest, alle körperteile müssen an diser ode an das leben mitsingen. Kommt jungs!

Normalerweise bin ich ein durchaus diskreter mensh und würd dise augenblike, in denen di biologi eine wichtigere rolle spilt als z.b. di matematik, knallhart ausblenden. Aber ir seid deutshe, und deutshe wollen alle deteis ganz genau erfaren, ordnung muss sein. Dann werden neuerdings vile deutshe stark von den östlichen filosofin beeinflusst. Da nimmt s kein wunder, das si immer di gleiche frage stellen: wi tif bist du eingedrungen, es sind ja insgesamt 7 kammern?

Bis zur sibten, brother. Ich hab alle geseen, in jeder von inen gibt s tanzveranstaltungen und di musik, di musik handelt nich von den grossen gefülen sondern von den kleinen freuden. In der lezten kammer stet di shaztrue, man sollt es nich versäumen, da zu sein, wenn es zur grossen und plözlichen selishen auflösung kommt.

Ja, dazu kommt es, nach langem hin und her, danach treiben wir in disem mer des wunshlosen glüks, bis uns der hunger, der durst oder eine lautsprecherstimme ins leben zurük ruft.

»Meine damen und herren, glük is ein zustand der wunshlosigkeit, und das is auch der tod, also is tod gleich glük. Oder kann sich einer der fargäste vorstellen, das man stirbt und weiterhin täglich um 9 ins büro muss?«

Das hab ich so in di stimme der zugsheffin hineininterpretirt, eigentlich hat si was vom Duisburger Hauptbanhof gefaselt.

Si ersheint auf dem monitor. Das is ein grosser vorteil, hir hört man nich nur di zugsheffin, man sit si. Zugsheffinen shaun meistens nich wi moddels aus, dafür is ein engerer kontakt zum kunden gewärleistet.

»Meine damen und herren, in wenigen minuten erreichen wir den Duisburger Hauptbanhof. Si ham anshlussmöglichkeiten nach Wuppertal um 5 ur 58 am gleis 7, blablabla.«

Si shaltet offensichtlich an irgendwelchen tasten rum, dann spricht si weiter und shaut mir dabei in di augen:

»Si, räumen Si da ein bissi auf, in Duisburg steigen ein haufen leute ein, es get gleich mit dem berufsverkeer los.«

»Si meinen mich? Uns?«

»Ja, ich mein Si.«

»Sagen Si mal, ham Si di ganze zeit zugeshaut???«

»Ach was, Si glauben doch nich, ich hab für so was zeit!«

Ja, wenn si weiss, wozu si keine zeit hatte, dann hatte si zeit! Ich stülp sofort ein pulli über den monitor.

»Wusstest du, das di uns sen kann?«

Nane zit den kopf unter dem sitz raus.

»Nein.«

Di sitze sind nich mer wi am anfang der sitzung, es hat sich einiges getan. Nachdeem di toten und verlezten gezält sind, machen wir es uns wider gemütlich. Ganz ofiziell. Wir sen uns zum ersten mal von angesicht zu angesicht.

»Nane.«

»Pé.«

Si is wi immer einsilbiger als ich. Ire augen und ir mund sind mir wolgesonnen. Ir set, si is zufriden. Ich bin nich so alt wi di natur, aber ein oder zwei indianertriks hab ich shon gelernt. Das is alles was man im leben braucht, etwas shlauheit. Ausserdeem shönheit, kraft und besheidenheit. Gott sei dank bin ich mit den 4 eigenshaften reichlich gesegnet.

Das tageslicht macht sich im abteil breit, bald sheint di sonne zwishen den shatten. Also zuerst dise unerhörte oder doch ser gut erhörte nacht, und augenbliklich sheint obendrauf di sonne. In Deutshland! Das kann unmöglich ein zufall sein!

Wir ligen nur noch so rum, ich rauch eine one das jemand di polizei ruft, und, ja, der zug is endgültig stengebliben. Was ham wir für ein banhof hir?

»Mensh, das is Lübek!«

Das war eine lange zugfart.

Nach dem früstük mit rüreiern und shinken käse petersilie zwibel milchkaffee kroassan in der banhofsgaststätte get s uns entsprechend besser. Nich das wir uns über di zeit davor zu beklagen hätten, aber es is halt shöner wenn beide lebensgrundbedürfnisse befridigt sind, vernashen *und* nashen. Da wird sich vermutlich in tausend jaren nich vil geändert haben.

Auf der fart zurük ändert sich ebenfalls nich vil. Wir machen halt weiter, same proseedur evry fucking time. Allerdings nich ser lang. In Hamburg erleidet das abteil di invasion von 4 germanen, von den ganz grossen und lauten, bis zum hals mit koffern bepakt. Alle sitze zurük, wir shaun durchs fenster raus, der zug färt weiter ... gut, machen wir shluss! Diser zug soll endlich mal irgendwo ankommen!

Stuttgart banhof. Wir verabshiden uns. Widershaun. Wirklich widershaun, keine sorge, wir ham ire adresse, ire telefonnummer und sogar das geburtsdatum. Wir wollen ja keine feler machen. Eigentlich hat uns das leben zusammengefürt, unsere beiden leben sind unentknötbar miteinander verknotet. Di neigung, di wir zueinander fülen, kann nich einmal ein meteorit zerstören. Unsere libe wird uns überleben, so wi Stonehenge in der kargen englishen landshaft seine zivilisazion überleebt hat. Das alles unter der bedingung, das si mir keine falshe telefonnummer gegeben hat. Tshüss, Nane!

Der stammheimer haftanstaltstrakt is vertrakt, trozdeem hab ich keine probleme mit der kontrolle. Di polizisten merken nich das mein pass gefälsht is, oder wenn si s merken, dann lassen si sich s nich anmerken. Im pass stet, ich bin Benjamin Brentop, 1973 in Manaus am Amazonas geboren, worldname BZ20375BB, mein vater heisst Pliskopis Brentop, meine mutter Moitmac Brentop.

Geboren Caradefresca. Ey, der stempel auf der persönlichen datenseite is nicaraguanish! Egal, deutshe polizisten kommen ni auf so was. Zu allem überfluss ham mich di passmacher teoretish noch älter gemacht als ich shon bin, das stört aber den polizisten genauso wenig. Der idiot findet das ganz normal, das ich so alt bin.

Warten. Innerhalb von wenigen minuten werd ich da um di eke kommen und mir begegnen. Wird er mich erkennen? Weiss er von meiner existenz? Wo ham sich unsere wege getrennt? Werd *ich* ihn erkennen? Wi anders bin ich geworden, nach all den jaren des leidens? ...

Ich sitz und wart. Jemand tritt hinter di glassheibe, das is aber nich er. Ein risenmensh, bestimmt 300 kg. Der tüp, der da kommt, is kein häftling, der trägt ein bunten anzug und krawatte, ein vollbart auf einer gesichtshälfte, eine der besheuertsten ausgeburten der heutigen mode, und di rechte shulter hängt irgendwi komish. Er sezt sich hinter das trennungsglas und fragt gelangweilt »ja?«, als wär ich ein versicherungsvertreter.

»Ich möcht mit Pé du Jazz reden.«

»Höxtpersönlich?«

»Ja logish höxtpersönlich.«

Der ändert sein ton nich.

»Höxtpersönlich?«

»...«

Moment mal. Wenn er das widerholt, meint er vileicht mit »höxtpersönlich« was anders als im herkömmlichen sinn? Nein, höxtpersönlich heisst höxtpersönlich, sonst nix. Wi kann ich das anders versteen? Ja klar, sein ton war zimlich flach, ich verstee, *ich* hab di frage hineininterpretirt. Es war keine frage, sondern eine aussage. Das heisst – nein, das kann nich sein, nein. NEEEEEEIIIIINNNNNNNN! N E E E E E E E E E E E E E E E E E E E E E E E E E E E E E E E E E E E E E E E E E E E E E E E E E E E E E E E E E E E E E E E E E E E E E E E E E E E E E E E E E E E E E

E E E E E E E E E E E E E E E E E E E E E E E E E E E E E E E E E E E
E E E E E E E E E E E E E E E E E E E E E E E E E E E E E E E E E E E
E E E E E E E E E E E E E E E E E E E E E E E E E E E E E E E E E E E
E E E E E E E E E E E E E E E E E E E E E E E E E E E E E E E E E E E
E E E E E E E E E E E E E E E E E E E E E E E E E E E E E E E E E E E
E E E E E E E E E E E E E E E E E E E E E E E E E E E E E E E E E E E
E E E E E E E E E E E E E E E E E E E E E E E E E E E E E E E E E E E
E E E E E E E E E E E E E E E E E E E E E E E E E E E E E E E E E E E
E E E E E E E E E E E E E E E E E E E E E E E E E E E E E E E E E E E
E E E E E E E E E E E E E E E E E E E E E E E E E E E E E E E E E E E
E E E E E E E E E E E E E E E E E E E E E E E E E E E E E E E E E E E
E E E E E E E E E E E E E E E E E E E E E E E E E E E E E E E E E E E
E E E E E E E E E E E E E E E E E E E E E E E E E E E E E E E E E E E
E E E E E E E E E E E E E E E E E E E E E E E E E E E E E E E E E E E
E E E E E E E E E E E E E E E E E E E E E E E E E E E E E E E E E E E
E E E E E E E E E E E E E E E E E E E E E E E E E E E E E E E E E E E
E E E E E E E E E E E E E E E E E E E E E E E E E E E E E E E E E E E
E E E E E E E E E E E E E E E E E E E E E E E E E E E E E E E E E E E
E E E E E E E E E E E E E E E E E E E E E E E E E E E E E E E E E E E
E E E E E E E E E E E E E E E E E E E E E E E E E E E E E E E E E E E
E E E E E E E E E E E E E E E E E E E E E E E E E E E E E E E E E E E
E E E E E E E E E E E E E E E E E E E E E E E E E E E E E E E E E E E
E E E E E E E E E E E E E E E E E E E E E E E E E E E E E E E E E E E
E E E E E E E E E E E E E E E E E E E E E E E E E E E E E E E E E E E
E E E E E E E E E E E E E E E E E E E E E E E E E E E E E E E E E E E
E E E E E E E E E E E E E E E E E E E E E E E E E E E E E E E E E E E
E E E E E E E E E E E E E E E E E E E E E E E E E E E E E E E E E E E
E E E E E E E E E E E E E E E E E E E E E E E E E E E E E E E E E E E
E E E E E E E E E E E E E E E E E E E E E E E E E E E E E E E E E E E
E E E E E E E E E E E E E E E E E E E E E E E E E E E E E E E E E E E
E E E E E E E E E E E E E E E E E E E E E E E E E E E E E E E E E E E
E E E E E E E E E E E E E E E E E E E E E E E E E E E E E E E E E E E
E E E E E E E E E E E E E E E E E E E E E E E E E E E E E E E E E E E
E E E E E E E E E E E E E E E E E E E E E E E E E E E E E E E E E E E
E E E E E E E E E E E E E E E E E E E E E E E E E E E E E E E E E E E
E E E E E E E E E E E E E E E E E E E E E E E E E E E E E E E E E E E

EEEEEEEEEEEEEEEEEEEEEEEEEEEEEEEEEEE
EEEEEEEEEEEEEEEEEEEEEEEEEEEEEEEEEEE
EEEEEEEEEEEEEEEEEEEEEEEEEEEEEEEEEEE
EEEEEEEEEEEEEEEEEEEEEEEEEEEEEEEEEEE
EEEEEEEEEEEEEEEEEEEEEEEEEEEEEEEEEEE
EEEEEEEEEEEEEEEEEEEEEEEEEEEEEEEEEEE
EEEEEEEEEEEEEEEEEEEEEEEEEEEEEEEEEEE
EEEEEEEEEEEEEEEEEEEEEEEEEEEEEEEEEEE
EEEEEEEEEEEEEEEEEEEEEEEEEEEEEEEEEEE
EEEEEEEEEEEEEEEEEEEEEEEEEEEEEEEEEEE
EEEEEEEEEEEEEEEEEEEEEEEEEEEEEEEEEEE
EEEEEEEEEEEEEEEEEEEEEEEEEEEEEEEEEEE
EEEEEEEEEEEEEEEEEEEEEEEEEEEEEEEEEEE
EEEEEEEEEEEEEEEEEEEEEEEEEEEEEEEEEEE
EEEEEEEEEEEEEEEEEEEEEEEEEEEEEEEEEEE
EEEEEEEEEEEEEEEEEEEEEEEEEEEEEEEEEEE
EEEEEEEEEEEEEEEEEEEEEEEEEEEEEEEEEEE
EEEEEEEEEEEEEEEEEEEEEEEEEEEEEEEEEEE
EEEEEEEEEEEEEEEEEEEEEEEEEEEEEEEEEEE
EEEEEEEEEEEEEEEEEEEEEEEEEEEEEEEEEEE
EEEEEEEEEEEEEEEEEEEEEEEEEEEEEEEEEEE
EEEEEEEEEEEEEEEEEEEEEEEEEEEEEEEEEEE
EEEEEEEEEEEEEEEEEEEEEEEEEEEEEEEEEEE
EEEEEEEEEEEEEEEEEEEEEEEEEEEEEEEEEEE
EEEEEEEEEEEEEEEEEEEEEEEEEEEEEEEEEEE
EEEEEEEEEEEEEEEEEEEEEEEEEEEEEEEEEEE
EEEEEEEEEEEEEEEEEEEEEEEEEEEEEEEEEEE
EEEEEEEEEEEEEEEEEEEEEEEEEEEEEEEEEEE
EEEEEEEEEEEEEEEEEEEEEEEEEEEEEEEEEEE
EEEEEEEEEEEEEEEEEEEEEEEEEEEEEEEEEEE
EEEEEEEEEEEEEEEEEEEEEEEEEEEEEEEEEEE
EEEEEEEEEEEEEEEEEEEEEEEEEEEEEEEEEEE
EEEEEEEEEEEEEEEEEEEEEEEEEEEEEEEEEEE
EEEEEEEEEEEEEEEEEEEEEEEEEEEEEEEEEEE
EEEEEEEEEEEEEEEEEEEEDUKANNSTABER
DUMUSSTNICHALLEESLESENEEEEEEEEEE
EEEEEEEEEEEEEEEEEEEEEEEEEEEEEEEEEEE

E E E E E E E E E E E E E E E E E E E E E E E E E E E E E E E E E E E
E E E E E E E E E E E E E E E E E E E E E E E E E E E E E E E E E E E
E E E E E E E E E E E E E E E E E E E E E E E E E E E E E E E E E E E
E E E E E E E E E E E E E E E E E E E E E E E E E E E E E E E E E E E
E E E E E E E E E E E E E E E E E E E E E E E E E E E E E E E E E E E
E E E E E E E E E E E E E E E E E E E E E E E E E E E E E E E E E E E
E E E E E E E E E E E E E E E E E E E E E E E E E E E E E E E E E E E
E E E E E E E E E E E E E E E E E E E E E E E E E E E E E E E E E E E
E E E E E E E E E E E E E E E E E E E E E E E E E E E E E E E E E E E
E E E E E E E E E E E E E E E E E E E E E E E E E E E E E E E E E E E
E E E E E E E E E E E E E E E E E E E E E E E E E E E E E E E E E E E
E E E E E E E E E E E E E E E E E E E E E E E E E E E E E E E E E E E
E E E E E E E E E E E E E E E E E E E E E E E E E E E E E E E E E E E
E E E E E E E E E E E E E E E E E E E E E E E E E E E E E E E E E E E
E E E E E E E E E E E E E E E E E E E E E E E E E E E E E E E E E E E
E E E E E E E E E E E E E E E E E E E E E E E E E E E E E E E E E E E
E E E E E E E E E E E E E E E E E E E E E E E E E E E E E E E E E E E
E E E E E E E E E E E E E E E E E E E E E E E E E E E E E E E E E E E
E E E E E E E E E E E E E E E E E E E E E E E E E E E E E E E E E E E
E E E E E E E E E E E E E E E E E E E E E E E E E E E E E E E E E E E
E E E E E E E E E E E E E E E E E E E E E E E E E E E E E E E E E E E
E E E E E E E E E E E E E E E E E E E E E E E E E E E E E E E E E E E
E E E E E E E E E E E E E E E E E E E E E E E E E E E E E E E E E E E
E E E E E E E E E E E E E E E E E E E E E E E E E E E E E E E E E E E
E E E E E E E E E E E E E E E E E E E E E E E E E E E E E E E E E E E
E E E E E E E E E E E E E E E E E E E E E E E E E E E E E E E E E E E
E E E E E E E E E E E E E E E E E E E E E E E E E E E E E E E E E E E
E E E E E E E E E E E E E E E E E E E E E E E E E E E E E E E E E E E
E E E E E E E E E E E E E E E E E E E E E E E E E E E E E E E E E E E
E E E E E E E E E E E E E E E E E E E E E E E E E E E E E E E E E E E
E E E E E E E E E E E E E E E E E E E E E E E E E E E E E E E E E E E
E E E E E E E E E E E E E E E E E E E E E E E E E E E E E E E E E E E
E E E E E E E E E E E E E E E E E E E E E E E E E E E E E E E E E E E
E E E E E E E E E E E E E E E E E E E E E E E E E E E E E E E E E E E
E E E E E E E E E E E E E E E E E E E E E E E E E E E E E E E E E E E
E E E E E E E E E E E E E E E E E E E E E E E E E E E E E E E E E E E
E E E E E E E E E E E E E E E E E E E E E E E E E E E E E E E E E E E

E E E E E E E E E E E E E E E E E E E E E E E E E E E E E E E E E E E
E E E E E E E E E E E E E E E E E E E E E E E E E E E E E E E E E E E
E E E E E E E E E E E E E E E E E E E E E E E E E E E E E E E E E E E
E E E E E E E E E E E E E E E E E E E E E E E E E E E E E E E E E E E
E E E E E E E E E E E E E E E E E E E E E E E E E E E E E E E E E E E
E E E E E E E E E E E E E E E E E E E E E E E E E E E E E E E E E E E
E E E E E E E E E E E E E E E E E E E E E E E E E E E E E E E E E E E
E E E E E E E E E E E E E I I I I I I I I I I I I I I I I I I I I I I I I I I I I I
I I I I I I I I I I I I I I I I I I I I I I I I I I I I I I I I I I I I I I I I I I I I I I I
I I I I I I I I I I I I I I I I I I I I I N!

Aber bitte, nach aussen immer kul bleiben. Das ich ihn nich erkannt hab, is natürlich shon ein ding, aber das er mich nich erkennt, das is shon ein unding. Ich hab ihn ni so geseen, er mich shon, zimlich oft sogar ... di langen nächte vor dem spigel ... O.K., ich muss mich irgendwi äussern:

»Und, du sagst nix?«

»Was?«

Der chekt es nich. So bin ich.

»Erkennst du mich nich?«

Ich se di verlegenheit in seinen augen, weil er vor eim menshen stet, der ihn offensichtlich kennt und den er nich einordnen kann. Er hat ja immer dise triks auf lager um raus zu finden, woher er di leute kennt, ein bissi gespräch – was machst du momentan, wir ham uns shon lange nich mer geseen, gell, wann war eigentlich das lezte mal? – aber meine frage erlaubt solche prozeduren nich mer. Er muss sofort ein namen oder eine situazion erwänen, in der wir uns geseen ham. Er krazt sich am hinterkopf, um verlegenheit zu demonstriren. Mitteilen tut er folgendes:

»Vergessen.«

Ich erkenn mich nich.

»Du hast doch dises gesicht shon mal geseen, oder?«

»Kommt mir shon bekannt vor ...«

»Was heisst bekannt? Mann, wem shau ich denn änlich?«

»Ja das überleeg ich grad ...«

Der tüp is topfdumm, ich kann s nich glauben. Was ham si nur aus mir gemacht?

»Obwol, äneln tun wir uns nich. Wi du ausshaust …«

Ich hab mich nich zurükhalten können. Er möcht aufgeklärt werden:

»Sag mal, was soll das?«

»Ich hab eine krone am oberen shneidezan, kennst du noch jemand der so was hat?«

»Na, ich kenn mich mit den zänen von andren leuten relativ shlecht aus.«

»Ich hab eine krone am oberen shneidezan. Wer hat sonst noch in disem raum eine krone am oberen shneidezan?«

»Ich hab eine. Den wärter musst du selber fragen.«

»Eben. Ich hab eine und du hast eine.«

»Und?«

»Mann, sen wir uns nich änlich?«

»Naja, ich würd eer sagen, nich so ganz.«

»Ich kann s nich glauben! Stell dir vor, ich hab vile falten, ein grossen bart, ein grossen bauch … Nix? Hätt ich mir denken können.«

»Ja … stimmt … du shaust ein bissi so aus wi ich früer.«

»Und du leider wi ich später ausseen werd. Aber ich werd ein bissi mer auf mich aufpassen, das sag ich dir! Ich mein, wir ham ni ser gut auf uns aufgepasst, aber ein mindestmass an aufpassung tät dir nich shaden … ich mein, ich shau auch nich wi der junge Alain Delon aus, und trozdeem versuch ich dem geshmak der mitbürger mindestens ein bisschen entgegen zu kommen.«

»Ich hab hir keine mitbürger. Das kann man nich mitbürger nennen. Das sind knallharte jungs …«

»Aber di ham dir nix böses getan, nix unanständiges?«

»Ja spinnst du. Hir bin ich der boss, versteest. Di kole macht s. Alles wi bei euch draussen, kapitalistish, neoliberal, globalisirung. Obwol, globalisirung eigentlich weniger.«

»Das glaub ich, das das noch nich globalisirt und privatisirt is.«

»Du hast mich falsh verstanden. Privatisirt is alles. Private gefängnisse expandiren in einigen ländern, und reichere länder shiken ire gefangenen dorthin, wegen den hoen lon- und verpflegungskosten im eigenen land. Di nennen das human trash entsorgung, HTE.«

»Weisst du, wo ich her komm? Aus Porto Alegre.«

»Porto Alegre? Du bist aus Porto Alegre?«

»Ja und in Sao Paulo aufgewaxen.«

»Wi ich ... aber dann können wir ja brasilianish sprechen?«

»Num tem problema.«

»Pudia te faladu ants, né, daí a jent num ficava falandu esa lingua di viadu.«

Aber das hat kein sinn, alles weiter im orginal zu erzälen. Ich mach mal für dich eine gratis-übersezung.

»Ich bin im Windmülen-Krankenhaus geboren ... und war bis zum alter von 7 jaren in Porto Alegre, in der Rua da Sacanage, in eim grossen haus mit garten, fast an einer eke ...«

»Du bist gut informirt.«

»Nein, nein. Ich hab di gleiche biografi wi du. Und eine krone im oberen shneidezan.«

»Ich verstee nich was du willst. Was hat eine krone im oberen shneidezan damit zu tun?«

»Ich kann dir eine geshichte erzälen, di du ni jemandem erzält hast, nur du kennst si. Und ich. Weil ich du bin.«

Di geshichte bleibt unter mir und ihm. Kein mensh kann ganz one geheimnisse leben. War peinlich und traumatish. Nachdeem ich si ihm erzält hab, fragt er:

»Ja und?«

»Wi kann ich dise geshichte denn kennen?«

»Was weiss ich, hast si gehört oder gelesen.«

»Heisst das, du hast di geshichte der ganzen welt erzält?«

»Ja mei. Ich hab s in einer tok-sho erzält.«

»In einer tok-sho? Sag mal spinnst du? Und überhaupt, du bist im knast, wi kommst du in eine tok-sho?«

»Naja, ich ge halt hin. Nur beim lezten gefängnisdirektor, der war ein idiot, da musste di tok-sho immer zu mir kommen. Sag mal, du stellst so vile fragen, magst du dich nich mal vorstellen, so zur abwexlung?«

»Mein name is Pé du Jazz, und ich bin du.«

»Tia. Vor ein par jaren hat mich eine frau besucht, di halb so alt war wi ich und di hat behauptet, si wär meine urgrossmutter. Und jez kommt einer, der auch einige jare jünger is und meint, er is ich.«

»Hast du ni besuch von ausserirdishen bekommen?«

»Nich das ich wüsste.«

»Ich shon. Was war passirt ... wi war das gleich? Ja. Also mein buch war gerad dabei, vom markt zu verschwinden und ich hab verzweifelt versucht, das zu verhindern. Es war als recht- oder linksshreibreformbuch bekannt geworden, und das auch sex, drugs, crime and rock'n'roll drin war, hat keine sau geseen. Leider gibt es selten eine shublade für ›gemisht‹ und mein buch in eine andre shublade zu krigen, war ser shwirig. Das war nich anders als bei der Claudia Fischer, di war in der shublade ›shönheit‹ zu finden und konnte nirgendwo anders landen. Vileicht hätten wir beide damals taushen sollen: si wär in di shublade ›rechtshreibreform‹ und ich in di shublade ›shönheit‹ gekommen. Ich war so verzweifelt, das ich von München nach Berlin auf stelzen gen wollte, als sandwich-man mit werbung für mein buch, vorn und hinten, aber ein stelzenexperte hat mir erklärt, das das problematish wär für mein rüken, der wär dann für immer ruinirt. So blib mir nur eins: ich musste lesungen in der fussgängerzone machen, und dafür brauchst du natürlich eine erlaubnis. München rümt sich, di nördlichste stadt Italiens zu sein, dabei is es warsheinlich di deutsheste stadt in Deutshland. Ich ruf also beim Kreisverwaltungsreferat an, di leiten mich immer weiter, und nach 27 anrufen shikt der letzte mich zum Baureferat. Der beamte erklärt mir, das lesungen in der fussgängerzone verboten sind, weil ich bücher verkaufen will. Das is kommerz. Nein, sag ich, ich will keine bücher verkaufen. Trozdeem, sagt er, mach ich werbung für mein buch. Klar mach ich werbung für mein buch, wenn nich direkt dann indirekt. Das macht doch jeder, auch musiker und klauns machen werbung für sich selbst. Er meint, was musiker und klauns machen, is kunst, was ich machen will, is komerz. Was kunst is und was komerz, entsheidet das Baureferat. Also erklär ich disem beamten di absurditäten der deutshen sprache und meine vorshläge, und allmälich krigt er den eindruk, das das alles eine logik hat. Das wär dann aber nich kunst, sondern informazion! Und dafür bräucht ich ein informazionsstand, und den müsst ich nich bei ihm, sondern beim Kreisverwaltungsreferat beantragen. O.K., o.k. Zurük zum Kreisverwaltungsreferat, wo di frau mich etwas blöd anshaut, aber di erlaubnis gibt: 2 wochen später, für 3 tage, zwishen 12 und 16 ur, vor der Sankt-Robert-Kirche. Unter der bedingung natürlich, das ich nix verkauf und für nix werbung mach. Ja, und dann kommt der tag, ich trink ein par shnäpse, um di aufregung zu dämpfen und es get los, für ein par stunden ste ich da und predig ultradoitsh. Am näxten tag schneit es ununterbrochen, am dritten tag genauso. Da get natürlich nix. Gegen dises duo aus deutsher bürokrati und deutshem wetter bin ich machtlos. Ich glaub es is am tag danach, ich sitz am shreibtish, an meim buch ›ufo in der küche‹, da fligt dises weisse ding rein …«

Ich erzäl ihm alles, was soll ich sonst machen? UFO, magmaplaneet, südpol, Feuerland.

»Also an di geshichte mit der fussgängerzonenlesung kann ich mich erinnern. Aber was du da von ufos erzälst …«

»Da ham sich unsere wege getrennt.«

Ich möchte ihn gern fragen, ob er mir jez glaubt, aber ich werd vom wächter unterbrochen, di besuchszeit is aus. So plözlich. Pé du Jazz get, so als wär eine sitzung zu ende.

Draussen muss ich ein shnaps trinken. Ja, inzwishen hat auch Stammheim sein Wienerwald.

»Ein doppelten tekilla!«

Er hätte sich ein bissi liften lassen können, fett absaugen, usw., macht doch jeder heutzutage. Dann wär er zwar immer noch keine Claudia Fischer, aber wi Godzilla muss doch kein mensh ausseen. Übrigens, di Claudia Fischer is tot, man hat für si ein monument auf der oktoberfestwise errichtet, gegenüber der Bavariastatue. Natürlich sprechen heutzutage di statuen, si machen werbung für chips oder baumaterial. Angeblich war di assistentin vom magir Kupferfeld krank, also musste si einspringen, und bei der nummer mit dem durchsägen is was shifgelaufen.

Am näxten morgen shau ich mal wider hin. No way, sagen si, seine besuchszeit is voll ausgelastet. Das wird ja immer besser. Ich hab keine zeit für mich.

Next day same proseedur. Noch ein versuch, mich zu besuchen. Shon wider werd ich nich reingelassen. Das gibt s doch nich!

»Wiso hab ich am ersten tag sofort ein termin gekrigt, und heute kein?« Der wärter:

»Ich kann da nich vil machen. Si müssen mit ihm sprechen.«

»Was heisst das? Um mit ihm zu sprechen, muss ich erst mal mit ihm sprechen?«

»... so is es.«

»Aber vorgestern ging s?«

»Vorgestern ging s.«

»Heisst das im endefekt, das er mich nich mer sprechen will?«

»Das müssen Si ihn fragen.«

Nix is leichter. Wo wird das nur enden? Wi kann ich disen dünnshedel davon überzeugen, das wir der gleiche mensh sind? Ich muss zu ihm, koste es was es wolle. Es is doch ein ding der unmöglichkeit: er hat so vil ruhm und geld und kann es nich ausgeben. Ich wär imstande, es gut zu gebrauchen und auszugeben, hab s aber nich. Ich muss ihm den trik mit dem kopf zeigen und dafür muss ich zu ihm. Es wird nix nüzen, ihm nur ein zettel zu shreiben und um seine gnade zu flen. Alles was ich tun kann, is ein teil von mir rüber shiken. Meine hand, zum beispil, di ich allmälich besser fernsteuern kann.

Ja, gut, aber das muss geübt werden. Und eine entsheidung muss getroffen werden: was für eine hand nem ich denn? Di rechte is besser und shlauer, das probleem is, wenn ich si verlir is der verlust grösser. Alles oder nix. Ich entsheid mich für di rechte. Fangen wir an. Ich sez di hand auf den boden. Ge, hand! Nein, si get nich, si shleicht. Si is offensichtlich nich gewont, di funkzion des gehns zu übernemen. Vor allem one den rest. Ste, hand! Nein, si fällt immer wider. Eine hand kabellos zu träniren is kein spass.

Es get, langsam lern ich s. Si kann shnell shleichen, ein bissi auf den fingern gen kann si auch. Das probleem is, das si nich sen kann. Wenigstens kann si fülen, und ich mit ir, das is shon mal was.

Ausserdeem muss ich rausfinden, wo er sich befindet. Ich shaff es mit eim 100-euro-shein, ein wärter davon zu überzeugen, mir zu sagen, hinter welchem fenster Pé du Jazz sich befindet. Natürlich sollt man den hunni nich als korupzion sen, das is eer für di unkosten di er haben könnte. Für das informäishen gathering. Vile leute sagen heutzutage informäishen, aber natürlich shreiben si weiterhin *informazion,* weil dise aussprache noch nich ofiziell is und nich jeder tut es.

Ich kaufferngläser, und am abend kann es los gen. Ich deponir di hand in eim blumentopf und ge zurük zum 8. stok im hotel. Si soll grad aus gen, ich hoff si tut das auch. Rush, my darling, cauz the lien sleeps tunite. Jez kann ich si mit dem fernglas deutlich sen. Si erreicht das grosse tor, beibei hand, tu dein bestes. Sheisse, der alarm! Shnell wek, hand! Zurük! Das tor get auf, di wächter strömen mit iren pumpguns in der hand raus. Aaaaauuuuuuaaa! Verdammt noch mal, wer is da auf meine hand getrampelt! Und shon wider einer! Ge nach links, hand! Zur bordsteinkante! Und da versteken!

Di wächter beruigen sich nach einiger zeit. Ich ge runter zur strasseneke und komandir si zurük. Si beweegt sich im shuz der bordsteinkante und shafft es bis zu mir. Komm, händle, komm! Si sit etwas mitgenommen aus.

Di ham fotozellen eingebaut. Wi komm ich da nur rein? Mit eim liferwagen! Für di einfart der liferwagen müssen si doch di alarmanlage ausshalten. Am näxten tag shreib ich mir alle farzeuge auf, di ins gefängnis faren. Ein offener kleinlaster mit plane kommt vom Mütz & Motz Gemüsegrosshandel. Ich find di firma, find den kleinlaster, find den farer, und find beim herrn Mütz raus (beim herrn Motz ging nix), wann der LKW abermals hin färt. Zwei tage später shaff ich s, di hand auf di plane zu legen. Di hand is mit leim beshmirt, damit si nich in der näxten kurve shon davon fligt. Nachdeem der kleinlaster in den hof gefaren is, springt si runter und erreicht, ganz langsam, eine wand, hoffentlich das hauptgebäude, und da bleibt si bis zum abend. Si hat eine dürftige tarnung, und zwar 3 angeklebte blätter.

Am abend kann s los gen. Di hand klettert langsam aber sicher di wand rauf. Fri-kleiming (oder frik-leiming) sozusagen. Ich kann shon den flek an der wand mit dem fernglas sen. Si shafft es bis zu seim fenster. Durch di gitter is kein probleem, nur das fenster is zu. Di hand klopft ans fenster, und nochmal, es dauert ein bissi, bis er aufmacht. Pé du Jazz weicht erstmal zurük, dann kommt er wider. Ich befeel der hand, zu winken. Er weicht noch mer zurük. Jez wird ihm klar, das di hand alein da is. Glaub ich zumindest. Er macht das fenster shnell wider zu. Maxiidiot. Megablödmann. Mach auf. Ich muss wider klopfen, und er das fenster wider öffnen. Er muss den zettel sen, der auf dem handrüken klebt, aber der is leider von den blättern verdekt. Und meine hand kann sich nich der blätter entledigen. Dafür bräucht si noch eine.

Er is sichtlich von der sache angeekelt und ershroken. Ich dre di hand um und reib di blätter wek. Zumindest versuch ich s, es is nich leicht eine hand auf dem rüken zu bewegen, wenn man kein arm hat. Ich dre si wider um, auf jeden fall sit er so aus, als hätte er was geseen. Er näert sich ir ganz langsam und versucht, den zettel zu nemen, aber verdammt noch mal, di hand get mit. Er lässt alles wider fallen und bleibt 10 minuten wi eine kokospalme sten. Dann macht er ein neuen versuch und shafft es, den zettel von der hand zu trennen. Er entfaltet ihn mit grosser vorsicht. Darauf stet:

Dise hand gehört mir, Pé du Jazz.
Ich kann dir beweisen das ich du bin.
Ich komm morgen, bitte lass mich mit dir sprechen.
sonst krigst du morgen den besuch von meim blinddarm.

Der rest is auf dau, der sprache di ich erfunden hab, di nur er und ich kennen:

obli no, idiot! brin mi bak to me xef!
pa transport, tu xau no ha problem, mi handi kuait.

und auf deutsh, damit du den wiz versteest:

»nich vergessen, blödmann! bring mich zurük zu meim boss!
mit dem transport sollt es kein probleem sein, ich bin recht handlich.«

So ein kalauer müsst ihn doch ansprechen. Er holt eine shaufel und shafft di hand ins innere der zelle. Vileicht ein sessel, wi sich das anfült. Das licht bleibt an. Ich wollte warten, bis er das licht ausmacht, aber das dauert zu lang.

Am näxten morgen darf ich ihn besuchen und krig an der kontrolle eine kleine kiste. Shön. Wärend ich wart, mach ich di kiste auf. Meine hand ligt drin. Ich tu di hand wider hin wohin si gehört. Ein stein fällt mir vom herzen, ich hab si wider. Da kommt er shon.

»Hast deine hand wider?«

»Ja. Da is si. Hättest si auch mal kurz washen können.«

»Das auch noch?«

»Na gut, ich kann si später washen.«

»Ich hab überhaupt nich geshlafen, mit der hand in meim zimmer. Dabei hab ich einige termine heute!«

»Ja und ein termin hast du mit mir, wir ham keine zeit zu verliren. Wer weiss wann du wider zeit für mich hast. Du hast geseen wi meine hand sich alein bewegen kann. Soll ich dir auch zeigen, wi ich mein kopf abneem?«

»Den kopf?«

»Ja den kopf.«

»... Ja, zeig s halt.«

Ich nem den kopf ab und leg ihn auf den shoss. Ich shau zum wärter, er denkt an sein leben. Oder an seine frau, di ihn verlassen hat. Was wissen wir, was sich hinter den augen von gefängniswärtern und andren steenden figuren alles abspilt. Ich tu den kopf zurük.

»Du sist ja, ich bin überhaupt nich normal, ich bin ein zombi, eine kopi von dir!«

»Das du ein zombi bist hab ich shon gemerkt, aber wiso eine kopi von mir?«

»Mannomann. Mach ma folgendes: du gibst mir ein namen aus deinen kindheitserinnerungen, und ich sag dir was dazu. Und auf kein fall was du shon in irgendeim buch geshriben hast oder in eim interviu gesagt hast.«

»Sag mal, wiso willst du mich partu davon überzeugen, das du ich bist? Oder ich du?«

»Weil wir gemeinsam stärker sind. Wir können uns gegenseitig helfen, wir sind wi ein mensh mit zwei körpern, das is doch verdammt praktish.«

Ganz zu shweigen davon, das ich sein geld brauch. Er sträubt sich gegen mein spil. Ausserdeem is es für ihn shwirig, sich daran zu erinnern, was er alles erzält hat und was nich, manchmal war er in den tok-shos so prall, das di sonne vor neid errötete. Trozdeem, am shluss macht er doch mit.

»... Dweko.«

»Der hat gegenüber gewont, in Porto Alegre. Ich glaub, das

war ein grünes flaches holzhaus, neben dem haus wo di rotharige gewont hat. Der Dweko hat ein bruder gehabt, ein diken bruder. Vileicht hat der bruder Lashet geheissen. Und eine shwester, ich weiss nich mer wi di geheissen hat ...«

»Ich auch nich.«

»Eben. Ich weiss nich nur, wi di leute heissen, di du kennst, sondern ich kenn auch di namen nich mer, di du vergessen hast. Is das nich ein zimlich grosser zufall?«

Wir kommen ins gespräch. Wi zwei alte freunde wülen wir in der mottenkiste unserer erinnerungen. Nich immer stimmt sein gedächtnis mit meim überein, weil für ihn alles vil weiter zurük ligt. Allmälich hab ich den eindruk, das ich nich mer unangeneem auf ihn wirk. Leider wird der wächter bald unser gespräch beenden. Ich protestir, aber Pé du Jazz 1 hat wichtige termine.

Ich chek im hotel aus und ge im wald wonen, nich so shön aber shön billig. Es is verdammt shwirig mit dem tüpen, aber es get voran. Ich ruf mal Nane an, si is bei einer tante, nur werd ich immer falsh verbunden. Ich land bei einer versicherung, wo nimand di blasseste anung hat, wer Nane sein könnte. Si hat mich shon wider abgeshüttelt. Ich verstee das nich, zuerst macht si das ganze abenteuer mit mir mit, was ich am anfang gar nich wollte, du warst ja zeuge. Und dann gibt si mir di falshe nummer.

Vir tage später get di näxte seshen mit meim alter ego los.

Dismal werd ich in ein andres zimmer gefürt. Hir gibt s kein glas zwishen ihm und mir, 2 sofas, sessel, zwei tishe, ein kompiuter, eine kleine bibliotek, kurz, ein ganz gemütliches wonzimmer. Sogar ein behagliches holzfeuer im kamin. Und eine private toalette. Nich einmal di tür hat ein vergittertes fenster. Ich werd alein gelassen und sez mich hin. Bald kommt er, sagt halo und fängt an, mit frishem holz und umstellungen in der ligeordnung der brennenden holzstüke das feuer zu behandeln.

»Felt nur noch ein telefon, oder?« frag ich.

»Hab ich shon gehabt, aber man hat ni seine rue.«

Wenigstens mit disem menshen kann ich one unterbrechungen reden.

»Wiso treffen wir uns heute hir?«

»Is doch gemütlicher, oder?«

»Ich muss trozdeem fragen, wiso heute hir und an den andren tagen in dem andren raum?«

»Der andre raum is für alle, disen raum hab ich gemitet.«

»Ja aber warum dismal hir?«

»Ach so. Das is eer für di freunde, du lässt doch auch nich jeden bei dir ins wonzimmer, oder? Bei mir klopfen jede menge leute an, da treff ich mich liber im allgemeinen besucherzimmer. Früer hab ich zwei sekretärinen gehabt, eine draussen und eine hir im knast, auch für di rezepzion. Di im knast hat der lezte direktor abgeshafft. Dann hab ich ihn abgeshafft. Als gefängnisdirektor natürlich.«

Immerhin gehör ich jez zum inneren kreis seiner freunde, es hat vil gekostet bis ich mein eigener freund geworden bin.

»Du hast den gefängsnisdirektor gefeuert?«

»Gefeuert natürlich nich, ich kann ja hir nimand feuern. Ich hab nur für seine entfernung gesorgt. Er is 2 monate später gestorben.«

»Das warst doch nich …«

»Wo denkst du hin? Das war vor eim halben jar, und ich hab shon seit jaren kein mordauftrag mer gegeben.«

»Du hast mordaufträge gegeben?«

»Naja, nich vile, nur zwei.«

»Das kann doch nich war sein! Ich, ein mörder!«

»Di leute hatten s wirklich verdint.«

»Mordaufträge!!!!!«

So was von kaltblütig, und das gibt er auch noch zu. Wenn das der preis für den ruhm is, dann, parbleu, will ich nich berümt werden!

»Shau, ich kann ja nich noch mer bestraft werden, man kann ja nur di strafe erhön, aber wi soll man lebenslang noch länger machen?«

»Hat man dich entdekt?«

»Ach was. Einmal ham si mich verdächtigt, aber ich hab überall freunde.«

Freunde hat er. Na gut, das bringt uns nich weiter.

»Glaubst du mir inzwishen?«

»Ich würd es so ausdrüken: irgendwas könnte dran sein. Aber du wirst zugeben, das ich ein restchen zweifel für mich behalten möcht.«

»Immerhin erzälst du mir, das du mordaufträge vergeben hast.«

»Naja, du musst mir nich alles glauben, ich spinn dauernd, wenn ich für alle sünden bestraft würd, von denen ich shon erzält hab, da würden eine milion jare fegefeuer nich reichen.«

»Und wenn du annimmst, das ich du bin, freut dich das?«

Er zukt di axeln und di augenbrauen.

»Wär shon interessant ...«

»Interessant, ser interessant, und praktish, weil wir ein mensh mit 2 körpern sind. Was der eine nich kann, kann der andre. Stell dir vor, du wärst auch draussen, da müssten wir uns nich so stressen, du könntest ein termin warnemen, wärend ich ausrun würd, und umgekeert. Einer von uns könnt sich immer ausrun.«

»Oder wir würden doppelt so vil arbeiten.«

»Sag mal, wi bist du auf dise shnapsidee gekommen, den Rampenliczki zu entfüren?«

»Das war ganz einfach. Ich hab geld gebraucht.«

»Du wirst doch nich geglaubt ham, das du bei einer entfürung davon kommst? Ich mein, wenn du ein bauarbeiter entfürt hättest, wär das kein probleem gewesen, di polizei hätt gar keine notiz davon genommen, aber gleich den Rampenliczki?«

»Na, ich hab nich damit gerechnet, das ich davon komm. Meine idee war, von den kulturseiten der zeitungen auf di erste seite zu kommen.«

»Das hast du offensichtlich geshafft.«

»Ja.«

»Wiso grade den? Ich mein, warum nich zum beispil den Kohl?«

»Der kanzler war shwer zu shleppen und hatte bodigards, das is alles zimlich shwirig mit den politikern. Und wenn nich ein politiker, dann liber gleich jemand aus meiner branshe, so bleiben wir bei der literatur, oder?«

»Und warum nich den Matias Walzer, oder den Zünder Gas?«

»Di sind nich polemish genug, ausserdeem kennt jede frisöse den Rampenliczki, aber wivile frisösen kennen den Gas? Ausser der, zu der er get?«

»Wo wont der überhaupt, der Rampenliczki?«

»Er hat in Frankfurt gewont«.

»Jez erzäl halt. Alles, von anfang an.«

»Ja. Also.«

Er nimmt ein kräftigen, langen shluk bir.

»Zuerst ge ich zur bank und nem ein kredit auf, wegen den ganzen unkosten. In Fränki miet ich mal zuerst ein einigermassen isolirtes, möblirtes haus und ein auto. Ich observir ihn ein par tage, was gar nich leicht is, weil er ein zimlich unregelmässiges leben fürt, und in vile veranstaltungen, zu denen er eingeladen wird, komm ich gar nich rein. Er wont in einer ganz normalen wonung in eim neuen haus, der könnt sich bestimmt was besseres leisten. Naja gut, nich jeder mensh braucht 500 qm zum wonen. Ein andres probleem is, das er übernacht das auto in der garage hat. Nur wenn er zwishendurch heimkommt, is das auto draussen. Dann kann ich sein weg zum auto abshneiden. Ich kauf eine pistole, was in Frankfurt nich besonders shwirig is. Der tag kommt, ich bin so ängstlich und paranoish, das mir das bissi mut vergeet. Ich zitter wi ein pudel im winter. Das mit der pistole is mir zu gefärlich, ausserdeem könnt er ja reagiren, ich müsst am ende noch shiessen, und ich glaub nich das ich das fertig bringen würde. Also far ich heim und nem di kugeln raus. Am näxten tag wart ich di ganze zeit, keine spur von ihm. Am übernäxten tag ge ich wider hin, er is zuhause, ich muss nur warten, das er raus kommt und zum auto get, um ihm dann den weg abzushneiden. Als er endlich raus kommt, shaff ich kein einzigen shritt nach vorn. Sheisse! Ich kann ihn nich mit einer pistole bedron, das shaff ich nich. Wenn er reagirt, hab ich verloren. Für so ein misslungenen raubüberfall krig ich keine 10 zeilen in der zeitung. Nich einmal unter »vermishtes«. Ich muss ihn sofort k.o. sezen. Di einzige shanss is, ihn mit eim shlafsprey zu betäuben. So eine entfürung is warlich kein spass. Und dann wider hin, shon wider dise folter, dise warterei. Seitdeem se ich dise entfürer mit ganz andren augen, das sind arme hunde – ja da is er! Nix wi hin, mann, shnell bring das endlich hinter dich! Keine zeugen in sicht! O und jez – sheisse – ich hab mich verrechnet, der wird sein auto erreichen, bevor ich an ihn ran komm, ich muss ihn aufhalten, er is nur noch ein meter von seim auto.

»Herr Rampenliczki!«

Er bleibt sten. Ich erreich ihn, zi das sprey aus der tashe und verpass ihm eine übervolle ladung auf di fassade. Er shaut mal kurz erstaunt und stürzt wi ein kartoffelsak zu boden. Ich shlepp ihn zu meim auto und shaff ihn in den kofferraum. Dann mach ich di tür von seim auto zu und zish davon. 10 minuten später ste ich an einer kreuzung direkt neben einer parkanlage, er macht di kofferraumtür auf und steigt zimlich groggi mit vil brimborium aus. Und ein auto stet shon hinter uns, mann, das ham di mir nich gesagt, das di wirkung so kurz is. Ich steig aus, er torkelt benommen auf den rasen, »ja sag mal, wi hast du das geshafft, di kofferraumtür von innen aufzukrigen?« – »Ich war mal beim geheimdinst und« – ich verpass ihm noch eine ladung, erklären kann er das später. Aber dismal fällt er nich um, er torkelt in einer zimlichen shiflage, und bevor ich ihn zurük in den kofferraum bring, will er mich noch tadeln und erwisht meine shulter mit seim berüchtigten zeigefinger. Seitdeem is meine rechte shulter lädirt. Ich sperr den kofferraum mit müe zu. Aber wi erklär ich das ganze disen 2 tüpen und der frau, di im auto hinter uns sitzen und sich di sho anshaun? Ich ge lachend zu inen hin:

»Ir seid ein bissi ershroken, oder? Hehe. Na, das is mein vater, er is sturzbesoffen.«

»Un wiso fät ä im koffäraum?«

»Damit er nich ins auto kozt ... ledersitze.«

»War des net de Rampenliczki?«

»Shaut zum verwexeln änlich, oder? Einmal hat das fernseen ihn genommen, si wollten ihn für eine quiss-sendung als doppelgänger vom Rampenliczki, aber der war so besoffen, das si ihn nich ham brauchen können.«

Si shaun nich ser zufriden. Ham di sich meine nummer notirt? Ich far shnell weiter, di musik is von James Last, um mich zu beruigen, ich weiss, so was erwänt man besser nich, ich erreich mein haus, shlepp ihn in den keller, bind ihn am bett fest, di beiden zeigefinger mit doppelter eisenverkettung und dreifacher narkose, und verpass ihm ein par klebebänder über den mund. Ich len mich eine sekunde zurük, lass ein langen seufzer raus, Gott sei dank is alles glimpfig gelaufen, ich hasse gewalt. Dann muss ich shnell zur autovermitung, für den fall das di leute vom andren auto das kennzeichnen weiter gereicht ham. Di autovermitung am flughafen nimmt es one beanstandungen zurük. Zurük zum haus, zurük in den keller, der mann is wach. Wir starren uns an.

»Wi get s dir?«

Er kann nich sprechen.

»Ich mach das zeug runter, aber wenn du shreist, kleb ich sofort wider alles zu und mach s ni wider auf! Es nüzt dir sowiso nich, wir sind hir zimlich isolirt.«

Maultashen runter. Wenigstens shreit er nich. Sagen tut er auch nix. Er starrt mich an, vileicht will er mir ein shlechtes gewissen einflössen. Ich starr zurük, ich hab ein gutes gewissen. Ich hab ihm nix getan. Gut, entfürt hab ich ihn. Aber ich werd ihm kein stük vom or abshneiden, wi di entfürer es so oft tun. Jez spricht er:

»Und was zoll das werden?«

Ganz ruhig fragt er das, ich hatte shon shlimmeres befürchtet.

»Was das werden soll, weiss ich nich. Ich weiss was es is: eine entfürung.«

»Ham Zie szon mit majner frau geszprochen?«

Er hat ein starken tshechishen akzent.

»Noch nich, aber ich werd s gleich tun.«

»Und wiefiel wollen Zie?«

»650 Mark.«

Er sizt mich. Ich hatte gehofft, er duzt mich. Ich hab shon signalisirt, das wir nich so förmlich sein müssen, aber er will ansheinend distanz von mir, respektbekundung wird es wol nich sein. Nich wenige leute in Deutshland meinen, mit dem Si kann man mer diferenziren. Natürlich stimmt das nich, weil man diferenziren *muss*, ob man will oder nich, und zu allem überfluss nich so wi s eim passt, sondern wi der, der mer distanz will, es bestimmt. Wenn einer mit dem *Si* von vornherein zeigt, das er distanz von mir will, obwol er mich gar nich kennt, bin ich auch gezwungen, ihm zu sagen, das ich distanz von ihm will, obwol ich weder näe noch distanz will. Richtig wär also das 2-wegesisteem: jeder sagt wi s ihm passt, so kann man wirklich diferenziren, und jeder weiss besheid. Man könnt auch ein einheitspronomen nemen, du oder Si, wobei das Si problematish is weil es shon so stark mit andren bedeutungen beleegt is. Oder ein neutralpronomen für leute di sich nich damit beshäftigen wollen. Zum beispil das englishe you, natürlich *ju* eingedeutsht. Aber ich kann mich grade nich auf ein *ju* konzentriren. Ich hab zwar di hebel in der hand, aber ein shriftsteller sollt es sich mit eim wichtigen kritiker nich ganz verderben, und wenn ich ihn shon entfür, dann sollt er sich nich noch unkomfortabler fülen, als di bedingungen es shon diktiren. O.K., lass ma s beim Si.

»650 mark is nich fiel.«

»Nein. Das kann jeder zalen.«

»Gibt s kajne lajchteren metoden, an 650 mark cu kommen?«

»Bestimmt, merere. Aber nich immer is der leichtere weg der bessere, den spruch kennen Si doch bestimmt.«

»Naja, wenn das das problem is, können Zie 650 mark aus majner tasze nemen. Es könnte durchaus zajn, das ich sofiel geld dabaj hab.«

Ich shau in Sejm geldbeutel nach. Alles zusammen hat er 610 mark. Gott sei dank.

»Nur 610.«

Er sagt nix, is aber sichtlich genervt. Er hat kreditkarten, bitet si aber nich an. Dazu müsst er di geheimzalen verraten, warsheinlich traut er mir nich so richtig. Es herrsht noch ein misstrauensgraben zwishen tshechen und brasilianern.

»Wollen Si was trinken oder was essen?«

»Ich zollte jec auf ajm empfang zajn, da wer genygend cum esen und cum trinken. Di werden besztimmt alle szon nach mir zuchen.«

»Ja, ich ruf liber mal bei Irer frau an und beruig si.«

Ich ge rauf, ach blöd, wi war noch di nummer? Also wider runter.

»Wi war nochmal ire nummer? Ich hab den zettel verloren.«

»An zolche diletanten, die nich einmal die telefonnummer des opfers ham, geb ich doch nich meine telefonnummer.«

»Komm shon. Si wollen doch nich etwa hir den rest Ires lebens wegen läppishen 650 mark shmoren, oder? Da würden Si mich aber shwer enttäushen. Si mit der aura vom lebensnaen, lebenslustigen kritiker ...«

»Man wird mich hier szon finden ...«

»Vileicht sucht man erst gar nich nach Inen ... ham Si shon daran gedacht? Sind Si etwa eingebildet?«

Er rükt di nummer doch raus. Ich ge rauf und ruf seine frau an.

»Chalo?«

Immer dise ausländer, di einen einfach grüssen, statt troken iren namen zu sagen.

»Frau Rampenliczki, wir ham Iren mann in unserer gewalt, aber wir tun ihm keine gewalt an. Unsere forderungen sind folgende: wir wollen 650 mark. Aber bittshön kein markirtes geld! Und auf kein fall di polizei benachrichtigen! Wir treffen uns am mittwoch um 14 ur. Si faren di Balimbomstrasse bis zum ende, nach der Pirellostrasse kommt eine wise, dann faren Si noch 200 m bis wo der wald anfängt, und warten da. Mit dem geld natürlich. Get das klar?«

»Warten Zie mal, ich mus das aufszrajben.«

»Ja, szrajben Si s ruig auf … mittwoch 14 ur, Balimbom eke Pirello, dann bis zum wald. Nich vergessen! Sonst sen Si Iren mann ni wider. Oder freun Si sich shon darauf?«

»Wi majnen Zie das?«

»War nur zo ein szerc. Widerseen.«

Wider runter zum pazienten.

»Essen? Trinken? Ich hab für eine woche eingekauft.«

»Haben Zie ajnen kaffee?«

»Logish. Mach ich gleich.«

Mit kaffee wider runter zum gefangenen.

»Ich hab ir shon alles gesagt. Wo, wann und wivil.«

»Und was hat zie gezagt?«

»Si zalt kein pfennig um iren eemaligen peiniger zu befrein. Ra ra ra.«

»…?«

»War nur ein sherz, ok. Si hat gesagt, es get in ordnung.«

»Wie is der übergabe-modus?«

»Der über was?«

»Der übergabe-modus, jungr mann. Wie wird das geld übergeben?«

»Si wollen aber vil wissen. Dürfen Si auch, meinetwegen. Wir treffen uns und si gibt mir das geld, keine markirten sheine.«

»Zie glauben doch nich im ernst, das da kajne policaj zajn wird?«

»Si wissen ja, di polizei hat heutzutage nich mer so vil zeit für solche bagatellen … kritiker gibt s vile …«

»Abr nur ajn zolchen deppen wie Zie!«

Ey, ey, jez kontert er aber mit shwerer artilieri und 2 panzerdivisionen sind auch dabei.

»Moment mal! Ich glaub, Si fangen an zu übertreiben. Shliesslich sind Si der star im Luteranishen Quar-depp, nich ich, oder? Passen Si nur auf, wenn Si so weiter machen les ich Inen Zünder Gas oder Meter Händlein vor!«

Offensichtlich möcht er meine äusserung weder komentiren noch kritisiren.

»Werden Si ein neues buch shreiben? Mit eim tittel wi zum beispil *meine tage mit pé du jazz?*«

»Zie kennen anszajnend nich den unterszied cwiszen ajnem szriftszteller und ajnem kritikr.«

»Doch doch. Di shriftsteller sind di karavane, di kritiker di hunde. Di hunde bellen, di karavane zit weiter ...«

»Zie ciet wajtr, abr etwas szneller.«

Vileicht hat er recht.

»Was machen Zie im leben, jungr mann? Odr leben Zie auszlieslich fon den ajnnamen Irer entfürungen?«

»Nein, das reicht nich. Wissen Si, entfürungen sind ein hartes geshäft, mal wehrt sich das opfer, mal is es das falshe, mal klappt es mit der übergabe nich, mal wollen di verwandten nich zalen. Ich hab ein nebenjobb: ich bin shriftsteller.«

»Und Zie glauben filajcht das ich Ire bücher dann recenziren werd ...«

»Nein, das war shon vorher unwarsheinlich. Sagen Si mal, wi kommt es eigentlich, das Ir wortshaz grösser und besser is als der von 98% der bevölkerung und Ir akzent shlechter als der von 98% der bevölkerung? Kultiviren Si den akzent?«

»Wocu zollt ich den akcent kultiwieren?«

»Was weiss ich, vileicht is es besser für di einshaltsquoten.«

»Jec hören Zie gut cu: ich brauch wedr akcente noch entfürungen um majne ajnszaltskwoten cu halten.«

»Da werden Si shon recht ham, ir macht ein gutes programm. Ir bringt di literatur zurük auf den boden der tatsachen. Immer wider kritisirt man di kritiker, aber si sind ja lebensnotwendig! Ein autor sollt ja sein buch nich erklären, also muss es der kritiker machen. Er erklärt nich nur dem publikum, sondern auch dem autor, was diser sagen wollte. Autoren sind künstler, si dürfen gar nich wissen, was si denken, sonst kommen si ja ni vom boden der tatsachen wek. Der kritiker andrerseits *muss* denken. Ich könnt das nich machen, dauernd andre leute zu kritisiren. Erstens weil ich probleme hab, ein buch zu versteen, zweitens weil man sich so vile feinde shafft. Naja, es wird shon spät. Morgen is ein neuer tag. Ich ge shlafen. Ich lass Iren linken unterarm frei, so können Si trinken. Und lesen. Ich lass auch ein par bücher da, Ire geistige narung. Ich weiss, Si ham es shon mal gesagt, kritiker sind nich wi shriftsteller, si interessiren sich für literatur, wärend sich shriftsteller nur für ire eigene literatur interessiren. Mein buch is auch dabei, nur für den fall ...«

Am näxten morgen bring ich ihm das früstük.

»Also warum werden Si nich kritiker in England oder in den USA? Ich mein, di angloamerikanishe literatur spricht Si doch mer an, oder? Da könnten Si dann mer loben und müssten nich so vil kritisiren. Si hätten nich so vile feinde.«

»Ajn kritikr, der kajne fajnde haben möchte, zollte kajn kritikr werden.«

»Macht es Inen spass, feinde zu ham?«

»Najn, das macht mir ybrhaupt kajn szpass, fajnde cu haben. Abr es macht mir szpass, die szproj fom wajcen cu trennen. Manche szriftsztellr zollten liebr klempnr odr taxifarer zajn. Zie cum bajszpiel.«

»Lustig, das Si das erwänen. Ich war früer taxifarer. Ich hab vor 2 jaren aufgehört, aber di zeitungen und sogar mein verlag shreiben immer noch, das ich taxi far. Andrerseits war ich kein besonders guter taxifarer. Dann liber ein shlechter shriftsteller als ein shlechter taxifarer, oder?«

»Der majnung bin ich nicht.«

»Ja weil Si literaturkritiker sind. Wenn Si taxikritiker wären, wären Si andrer meinung. Überlegen Si nur, ein shlechtes buch kann nimand töten, wärend ein shlechter taxifarer ...«

»Das is richtig, abr ein szlechtr taxifarer, der ajnen szlimmen unfall gebaut hat, wird aus dem ferkeer gecogen, wärend szlechte szriftsztellr ir leben lang ungesztraft szlechte bychr szrajben dyrfen.«

»Da müssen Si sich bei mir keine sorgen machen. Ich werd nich mein ganzes leben lang shreiben. Das is ein zimlich einsamer beruf. Und ser ungesund. Der musiker muss sein instrument spilen und tragen, der maler muss wenigstens manchmal sten, der filmregissör muss überall gleichzeitig sein, nur der shriftsteller darf di ganze zeit sitzen und auf di tastatur von eim kompiuter oder einer shreibmashine drüken. Zimlich ungesund.«

»Dann hören Zie auf und leben Zie gezund.«

Der mann hat shon in England gearbeitet, aber von der feinen englishen art macht er wenig gebrauch, was man ihm unter disen ershwerten bedingungen auch nich übel nemen sollte.

2 tage später is das Luteranishe Quardepp. Ich shaff s sogar, ihm eine verlängerung fürs telefon zu besorgen, damit er sich eine minute pro buchkritik beim fernseen melden kann, leider lassen si di sendung ausfallen. Aus solidarität, geben si zu versteen. Na gut, ein quardepp mit 3 deppen wär kein quardepp, sondern lediglich ein tridepp.

Dann kommt der tag der geldübergabe. Ich far mit der strassenban und ge den rest zu fuss. Di frau stet shon da, vor dem auto. Si gibt mir den koffer in di hand, ich shau nach, es stimmt: es sind 650 mark. Dafür bräucht man normalerweise kein koffer, aber es shaut shon dezenter aus. Ob di sheine markirt sind, weiss ich nich, weil ich noch ni markirte sheine geseen hab. Ein fetter stempel is auf alle fälle nich drauf.

»Danke, frau Rampenliczki. Das is nett von Inen, das Si unseren forderungen nachgekommen sind. Si bekommen Iren mann in ein par stunden zurük, puz und munter. Und wenn er heute mit dem früstük nich zufriden war, dann nur weil ein kleiner unfall passirt is: ich hab eier gebraten, eine kleine spüliflashe, di auf dem fenstersims stand, is umgekippt und hat ein bissi in di pfanne reingetröpfelt. Ich hab s grad nich gemerkt, weil es durchsichtiges spüli war, und ...«

»Zie haben majnem mann szpyli gegeben?«

»Wi gesagt, ich hab s nich absichtlich gemacht, es is ein bissi reingetröpfelt. Ausserdeem war es biospüli, total ökologish und superneutral, er hat auch nich alles gegessen, nur ein löffel, nur ein löffel und shon – wups – wollte er nix mer. Aber ihm get s gut, wir ham danach noch darüber gesprochen, oder wenigstens ich hab gesprochen. Vileicht sollten Si ihm di näxte zeit keine eier serviren ...«

»Ich hoff, Zie lassen ien bald fraj befor zo was wiedr pasirt. Odr was szlimmeres.«

»Keine sorge, frau Rampenliczki. Alles gute.«

Ich geb ir noch di hand, si will von meiner hand nix wissen. Dise leute aus dem osten sind sowiso nich ganz auf dem laufenden, was maniren betrifft. Bei uns im Westen, also in Brasilien, shiesst manchmal der farer B di fresse vom farer A im andren auto wek, weil der farer A grobe ausdrüke über di ere der mutter, di erlichkeit der frau oder di männlichkeit des farers B von sich gegeben hat. Da muss man shiessen, solche beleidigungen kann man nich durchgeen lassen, sonst krigen di freunde noch wind davon und dann is keine rettung mer. Aber wenn ein brasilianer ein andren brasilianer grüsst, grüsst der andre automatish zurük. Hand hin, hand her.

Si steigt ins auto und färt davon. Ich far wider zurük zum haus, ein liferwagen färt beharrlich hinter her. Di polizisten müssen sich zu tode langweilen, stell dir vor, hinter einer tramban faren zu müssen. Das spüli war kein probleem. Spülmittel sind ein aprobates mittel um alle AIDS-viren in eim körper kleinzukrigen, ich mein, noch kleiner. Der haken ligt an der nebenwirkung: der körper, der das virus beherbergt, get ebenfalls drauf. Gut, so vil war s wirklich nich. Es kommt alles auf di menge an. Sogar wasser is gift. Wenn man zum beispil 200 liter wasser am tag trinkt, is man bald tot, wenn nich sofort. Aber man kann auch ertrinken, da braucht man gar nich 200 liter.

Als ich das tor zum haus aufmach, hör ich eine lautsprecherstimme, di mich auffordert, di hände hoch in di luft zu streken. Aus allen eken tauchen plözlich polizisten auf, di pistolen auf mich gerichtet. Si machen vil lärm um nix, und sind ser vorsichtig.

»Si sind verhaftet.«

»Das is mir klar.«

Wi vile solcher redundanzen so ein beamter am tag wol von sich geben muss? Si stürmen ins haus, bald fragt mich der sheff, wo Rauch-Rampenliczki is. Im keller, wo denn sonst, sind di polizisten blind, di ham doch shon das haus durchsucht? Si fordern mich auf, inen zu zeigen, wo er is. Wir gen in den keller – der mann is wek! Di strike sind alle noch am bett.

»Also, der is wek. Er hat sich warsheinlich shon selber befreit. Shaun Si doch bei ihm zuhause.«

Da is er nich, er is nirgendwo zu finden. Vileicht tut er das nur um mich zu ärgern. Di polizei sucht weiter, das verhör get wochenlang. Di sagen, ich weiger mich stur, auskunft zu geben, aber was soll s, welche auskunft soll ich denn geben? Tatsache is, das der Rampenliczki ni wider aufgetaucht is. Also is man davon ausgegangen, das ich ihn getötet und irgendwo versharrt hab. Ich hab ni beweisen können, das ich ihm nix angetan hab.«

Jez hat er aber vil erzält, der Pé du Jazz. Der Pé du Jazz 1.

»Is er *ni wider* aufgetaucht?«

»Ni wider.«

»Aber der mensh kann nich einfach so vershwinden!«

»Is er aber.«

»Glaubst du, das er tot is?«

»Keine anung.«

»Sag mal, es gab doch vile shriftsteller di für deine freilassung gekämpft ham! Hat das nix genüzt? Hast du keine mildere strafe gekrigt?«

»Doch doch, man hat mir erleichterte haftbedingungen gewärt, ich kann hir gut leben. Klar, ich muss eine hoe mite zalen, aber ich hab ja genug.«

»Wenn wir shon beim tema sind, ich hab eine idee, was du mit deim geld machen kannst. Du kannst z.b. mir davon etwas geben, damit ich mir eine fussprotese kaufen kann. Ich hab keine müde mark.«

»Du, da kann jeder daher kommen, wenn du wüsstest wi vile leute von mir geld wollen! Dabei hab ich shon leute, di ich dauernd unterstüz, dazu noch di hoen unkosten hir, di steuern, und ich möcht auch nich im elend sterben.«

»Ja versteest du nich? Ich bin du und du bist ich. Endlich hast du di shanss, das geld in freiheit auszugeben, in meiner person!«

»Naja, ich muss sagen, das klingt nich besonders spannend.«

»Komm, du hast doch immer andren leuten geholfen, jez hilfst du dir selbst nich. Findst du das selbstmisshandlung moralish höer stet als misshandlung von dritten?«

»Ich misshandle mich nich, ich leb gut. Wenn man di umstände berüksichtigt.«

»Mann, wenigstens für eine protese wirst du doch noch etwas übrig ham! Ich kann nich dauernd one fuss rumlaufen!«

»Das is shlecht, ja. Gib mal deine kontonummer.«

Er verspricht, das er mir ein par tausend mark überweisen wird. Shon besser.

»Wi lange hast du gekrigt?«

»250 jare. Das shaff ich glaub ich nich mer.«

»Kommst du wegen guter fürung nich früer raus?«

»Ja, wenn ich mich gut beneem, kann ich nach 80 jaren shon raus.«

»Naja, immerhin, das is ein hoffnungsshimmer ... und alles in allem war s eine gute ernte, oder?«

»Ja, das kann man sagen.«

»Und ein hoer preis ... für ein menshen, der nix andres im

leben getan hat als reisen, jez jarelang auf ein par quadratmetern auszuharren …«

»Tia. Man muss anders reisen, oder sich anders bewegen. Im kopf, durch vershidene situazionen, durch bücher, durch bilder, durch visionen. In meinen lezten reisejaren hab ich mich nur noch räumlich beweegt, aber di situazionen waren immer di gleichen. Es war alles rutine. Danach, im knast, hab ich mich vileicht mer beweegt als in den lezten jaren der reise. Du, tut mir leid aber ich muss jez shluss machen, ich hab gleich ein termin.«

Will ich wenigstens hoffen. Im zug nach München find ich sogar ein leres abteil. Ich will nich lesen, ich muss noch so viles verarbeiten. Werd ich irgendwann so sein wi er? Wi ser verändert man sich, wenn man sein 20 jare älteres ich shon mal geseen hat? Di landshaft wird immer herbstlicher, eigentlich winterlicher. Es is shön, alein in eim abteil zu sein. Hir kann ich mit mir sprechen, ich kann mich geniessen, vil mer als im knast, mit disem fremden, der eigentlich fremder is als normale fremde, weil ich von ihm nich erwart, das er fremd is.

Nach Ulm wird s unruig, ein par leute steigen ein, zwei sezen sich in mein abteil. Ab sofort darf ich nich mer mit mir selbst reden. Und bald – nein, das darf ja nich wahr sein. Nein. Si shon wider. Ja, wer sonst? Nane. Kann es so was geben? Si fragt noch, ob da frei is, und lächelt. Ja bittshön. Si sezt sich auf den sitz mir gegenüber, begrüsst mich und tut so, als wär nix passirt. Vileicht weiss si gar nich, das ich si angerufen hab. Wenn si mich nich mer sen wollte, warum sezt si sich dann in mein abteil? Si hätt ja leicht weiter gen können. Ich muss irgend was sagen.

»Wenn das kein zufall is …«

Si macht ein erfreuten eindruk, troz allem. Ja, sag ich ir das ins gesicht, das si eine lügnerin is? Vileicht fült si sich unwol und will nix mer von mir wissen. Vileicht is es besser, wenn ich kul bleib, so als würd ich nich einmal im traum daran denken, si anzurufen. Ir ein shlechtes gewissen einzuflössen, is bestimmt nich di beste politik. Andrerseits bin ich neugirig, zu sen, wi si reagirt:

»Ich hab dich angerufen.«

»Und?«

»Ich hab dich nich erreicht. Das war eine versicherungsfirma. Keiner wusste, wer du bist. Du solltest vileicht di leute besser informiren.«

»Es sind ser vile leute da, stimmt.«

Naja, und so get das weiter. Das interessante dabei is, das si sich durch ire enttarnung gar nich aus der rue bringen lässt.

Ich erklär ir, wi meine wonsituazion in München is, und si lädt mich mir nix dir nix zu sich ein. Das hab ich noch ni erleebt, das eine frau, di mir eine falshe telefonnummer gegeben hat, mich zu sich einlädt. Ob si ein knax hat? Im endefekt is es mir egal, und ich freu mich bei ir zu sein. Di wonung is klein, aber nich heiss, weil si eine klimaanlage hat. Ausserdeem darf ich rauchen und wirklich alte musik hören, si hat überhaupt keine aktuelle musik, kein shlager, japsy, truk, lecco, for and five. For and five find ich lustig, vor allem wi man das tanzt. Ausserdeem telefonirt si selten und hat wenige freunde, oder wenn si vile hat, dann besuchen si si nich. Vileicht gibt si jedem eine falshe telefonnummer. Shon eigenartig, dise frau. Si rut in sich selbst. Si is wi ein baum. Nur weicher.

Ob Nane meine geshichte wirklich glaubt, weiss ich nich, aber si tut wenigstens so. Ein andrer grosser vorteil in diser wonung is das ich mein hormonhaushalt auf vordermann bringen kann. Beim dritten mal is etwas traumatishes passirt, mein wanz hat den kontakt zur basis verloren und is drin gebliben. Ihn rauszuzin, wär zu shwirig gewesen, aber es war problemlos möglich, ihn rauszukomandiren. Beim zweiten mal war es nich mer so traumatish und wir ham entdekt, das es seine praktishen seiten hat, zum beispil beim erreichen von normalerweise unerreichbaren tifen oder bei der gleichzeitigen behandlung anderer erogener zonen, was im normalfall nur mit grossen verrenkungen möglich wär. Und: wer kann shon von sich behaupten, das er imstande is, eine frau zu beglüken, wärend er wasser für den te aufsezt?

Ich hab den eindruk, das Nane allmälich weicher wird, aber das wird nur mein eindruk sein, weil *ich* immer weicher werd. Nich nur mein fleish, sondern auch meine knochen. Ein bissi hab ich shon mein unterarm in der mitte bigen können. Problematish wird es bei der wirbelsäule, di so fest is wi ein bambus im wind, ich kann nich mer richtig grade gen. Wi wird das nur enden?

Auf meim konto sind 100000 euro eingetroffen, das müsste für eine protese und di näxten bire reichen. Shön. In der klinik krig ich probleme, was zu erwarten war. Ich erklär dem arzt, das ich anders bin und das alles diskreet gen soll, ich bin keine zirkusnummer. Er shaut sich den stumpf an.

»Wo ham Si Iren fuss verloren?«

»Das war ein meteoriteneinshlag.«

»Ein was?«

»Ein meteoriteneinshlag.«

Er shaut mich an, ob ich ein sherzgesicht aufhab. Hab ich nich. Also macht er auch kein sherzgesicht.

»War das ein grosser meteorit?«

»Was weiss ich, ob er gross war. Ich kenn mich mit meteoritengrössen nich so gut aus. Mir is er auf alle fälle zimlich gross ershinen.«

Danach kommen di untersuchungen und das grosse staunen und immer mer ärzte. Ich krig eine einfache protese, also keine, di mit den nervensträngen verbunden is und das tut, was das hirn will, weil si nich wissen ob ich ein hirn hab. Si wollen mich länger studiren und mich in der klinik festhalten. Ich sag, ich muss aufs klo und hau ab.

Mein gang is halb so shön wi bei eim moddel, aber di hoffnungen, ein moddel zu werden, hab ich inzwishen aufgegeben. Nane is auch begeistert und wir feiern mit vil champagner im bett. Es is ein guter ausblik auf ein balkon, wo es nur so grünt. Weiter wek, di stadt, di unermüdliche.

Nach der dritten flashe fragt si mich, was ich jez machen will.

»Das is eine gute frage. Was kann ich noch machen? Wo soll ich hin? Ich bin berümt geworden, ich hab alles erreicht, was ich wollte – ich könnte noch versuchen, ein par bessere filme zu dren, aber bei disem körperlichen zustand wird alles ser shwirig. Andrerseits, weit von München zu sein, würde heissen, weit von dir zu sein, ich weiss nich …«

Si shenkt noch ein glas ein, ich red weiter.

»Eigentlich müssten wir uns trennen, ich kann nich zuseen, wi du meim zerfall zusist, wi ich auseinander fall oder auseinander shmelz. Ich weiss wirklich nich was ich tun soll. Mein andres ich hat s geshafft, reich zu werden, aber nich geshafft, das reiche leben zu geniessen. Das könnt ich doch versuchen. Aber wi soll ich mer geld aus ihm raus loken? Er glaubt mir nich oder weiss nich, ob er mir glauben soll. Was hat er davon, das ich das leben geniess? Wir sind nich der gleiche mensh. Ofiziell bin ich nich mer Pé du Jazz, und ich kann es nich einmal beweisen. Eigentlich bin ich s weder ofiziell noch inofiziell, ich bin s einfach nich mer. Egal. Di frage is nich mer, wer ich bin, sondern was ich tu. Eigentlich müsst *ich* was für ihn tun, aber was kann ich für ihn tun?«

Ja, was denn?

»Ich könnt ihn befrein!«

»Das is warsheinlich gar nich leicht, Stammheim is dafür bekannt, das da nimand entkommt.«

»Ja, aber Stammheim is nich mer, was es mal war, nur 2 teroristen sitzen noch drin und di sind shon praktish versteinert. Shau ma mal, dann seng ma sho. Und was hast du für pläne?«

»Ich? Was für pläne soll ich shon ham? Ich arbeit weiter. Aber wenn du mich für di befreiung brauchst …«

Das get doch nich, da krigt si ein haufen probleme wegen mir. Nein. Oder doch. Warsheinlich get s kaum one si.

Wir müssen unseren helden aus Stammheim rausholen, komme was da wolle. Der held hat ein par dummheiten gemacht, aber wer ni im leben dummheiten gemacht hat, der werfe den ersten stein. Nobedy? I'm teling u, bois …

FLUCHT AUS STAMMHEIM wird unsere operazion heissen. Klingt etwas besheuert und kleinkarirt, wenn man es mit FLUCHT AUS ALCATRAZ vergleicht. Da wird eim doch ganz anders, kokospalmen und so …

Wi krigt man ein freund – ich werd doch noch *ein freund* zu mir sagen dürfen, oder? – aus eim sicherheitstrakt raus? Ich hab ein handicap, ein felenden fuss, und mit der protese kann ich kaum rennen. Ich kann mich gut durchbeissen, aber bei den diken gefängnismauern dürfte das eine gewisse zeit erfordern. Auf alle fälle sind da mer gefängniswärter als ich, ich bin nur 2. Ausserdeem sind si bis an di zäne bewaffnet. Ich kann mir gut vorstellen, das es mir nich vil ausmacht, von ein par kugeln getroffen zu werden – ein brennender shmerz, ein stük fleish weniger – aber was is mit dem zurfluchtzuverhelfenden obiekt? Bei dem alter – ich mein, ich will mich hir nich als jung bezeichnen, aber ein kleinen untershid gibt es doch –?

Ich hab wider eine altersgrenze übershritten, jez gehör ich zu denen, di, wenn si gefragt werden, wi alt si sind, liber sagen, das das alter nich so wichtig is. Wichtig is wi man sich fült. Das kreuz mit der sache is, das ich mich saumüde fül. Ich bin grösse gross alt, Pé du Jazz is alt alt. Wenigstens so get meine tabelle: Kind jung (0–5), kind alt (5–10), jung jung (10–20) und jung alt (20–30), gross jung (30–40) und gross alt (40–50), alt jung (50–60) und alt alt (60–80)(da spilen 10 jare keine rolle mer), greis jung (80–90) und greis alt (90–100) und dann ab 100, jünger, ernst.

»Ansonsten hab ich nur den vorteil, das wir uns beide änlich sind. Ich mein, wir könnten uns etwas meyk-app verpassen und di rollen taushen, aber dann wär er draussen und ich drinnen.«
»Ich hätte ein plan …«, sagt si, und rollt ein plan auf dem tish auf, mit allen deteis, das ich baff bin. Si war sicher mal beim Mossad tätig.

Ich weiss das unsere shanssen gering sind, aber es is bei mir so, das ich von den kleinen shanssen leb. Ich gewinn nich immer, aber immerhin manchmal, und dann is der sig umso grossartiger. Di americaner sagen ja dauernd: du hast keine shansse, also nüz si aus. Das klingt etwas blöd aber si sind damit zimlich weit gekommen, bis zum Mars, auch wenn manchmal ein ding in di luft get, und nich so, wi si s wollten. Di deutshen dagegen können nur das verkaufen was si gut machen, wärend di americaner sogar ire »kochkunst« der ganzen welt verkaufen, eine kochkunst di seit jarhunderten im verruf stet, di zweitshlechteste der welt zu sein, gleich nach dem mutterland. Das is so, als würden di meisten humorbücher in der welt aus Deutshland stammen.

Andrerseits: so unlustig sind di deutshen gar nich, ich hab si shon oft beim lachen erwisht. Und so ungesund wird das americanishe essen auch nich sein, immerhin sind si seit 100 jaren di bosse in der welt.

Zwei monate sind vergangen, seit wir mit den vorbereitungen und dem harten träning angefangen ham. Das härteste war, di droge zu besorgen, di ihn lamlegen soll. Vileicht glaubt er nich, das er lebend aus der geshichte rauskommt, und will nich mitmachen. Später wird er uns sicher dankbar sein, aber jez können wir nix dem zufall überlassen. Wir ham uns als TV-reporter vorgestellt, mit kammera und allem, di ein bericht über den verkauf von drogen in apoteken und drogerin machen. So ham wir erfaren, welche beruigenden, willensdrükenden drogen am härtesten sind (di eine macht aus eim spanishen stir eine grichishe ente, mit der andren kann man wi ein bär im winter shlafen, und wacht erst im näxten winter wider auf ...), und si dann gebeten, uns ein par für spätere naaufnamen mitzugeben. Normalerweise is das alles rezeptpflichtig, aber da wir vom berümten B6 sind, irem liblingssender ...

Dazu mussten wir eine wonung in Stuttgart miten, ein zimmer shallisoliren, mit proviant füllen, ein auto miten, fotos von Pé du Jazz besorgen, das meyk-app ausprobiren – si soll anders und ich soll älter ausseen (was in meim fall gar nich so shwirig is, da meine haut so shön formbar is) – meine hare teilweise glattrasiren, eine perüke kaufen, di zimlich änlich sein musste wi mein har, ein falshen bart, ein guter kassettenrekorder musste auch her, dazu noch eine shlafmittelpistole, di man normalerweise für tire gebraucht.

Pé du Jazz hat eine halbglaze. Di hare nur teilweise zu rasiren is eine kunst, also ham wir ein grosses foto von Pé du Jazz mitgenommen als modell für den frisör. Das shlimmste aber war di zunemkur. Um seinen körperlichen umfang zu erreichen, musste ich 5 nusssanetorten am tag essen, mit einer extraporzion sane und einer extraporzion nuss, plus 2 tuben karamellsosse drauf, ganz zu shweigen von der täglichen halben sau. Wenn das alles mal vorbei is, werd ich ein par monate fasten.

Nane sit auch anders aus, hat jez kurze shwarze hare und kein pferdeshwanz mer. Mir kommt dises gesicht irgendwi bekannt vor, hab ich si so nich shon mal geseen?

Ich vereinbar ein besuch bei Pé du Jazz 1. Der tag kommt, und wir faren nach Stuttgart. Auf der autoban darf man nur noch 60 faren, wir hören japsy, eine mishung aus japanisher und zigeunermusik, di gruppe is russish, heisst The Abstraktzkis und hat ein risen erfolg troz ires namen, dabei is es eine virtuelle gruppe.

Es darf endlich los gen, onwerds cristien soldurs, auf zu neuen ufern, zur befreiung Jerusalems, zur befreiung der kristenheit! Di sonne sheint partu, wi di franzosen sagen. Wenn das leben hart is, sagen si: T'est la vive.

»Shau am se dahinten, di beiden fisher. Wären wir in Mittelostdeutshland, wären es angelsaxen, aber hir sind es nur angelshwaben. Und wenn wir shon dabei sind, wi heisst *fussballlibhaber zum stadion bringen* auf shwäbish? Klar, *fanfare*. Ha ha.«

Ich bin nervös, ich brauch ein par kalauer um mich zu beruigen.

»Und was is ein fürershein? Der glanz Hitlers! Und *glübirne* is ein aufgeregter bundeskanzler.«

»Das verstee ich nich.«

»Ja klar. Du bist zu jung dafür. Früer gab s halt ein kanzler, der wi eine birne ausgeseen hat.«

Und jez kann mich keiner mer halten:

»Weisst du was *methoden* bedeuten? Das sind süsse geshlechtsteile. Und *shiksaal?* Das is ein pikfeines zimmer und *senkrecht* heisst eine erlaubnis, shiffe zu zerstören. Und was is ein klappbett? Ein bett wo s immer klappt.«

»Nur gut, das du besser im bett bist als im wize erzälen.«

»Eee, jez musst du ja nich frech werden. Ich bin älter und berümter als du.«

Kurios sind dise vilen wildwexel-shilder. Das man in Deutshland wilde tire noch nich dazu erzogen hat, nich di autoban zu überqueren, is shon erstaunlich, wo doch ein deutsher hund shon mer von verkersregeln versteet als vile menshen in der dritten welt.«

Di gefängniskontrollen verlaufen one grosse shererein, ich hab teilweise glattrasirtes har und eine perüke auf, di wi meine hare ausseen. Wenn si Nane richtig durchsuchen würden, würden si feststellen, das si eine ganze menge charmhare hat, aber irgendwi muss man den falshen bart einshleusen. Nane und Pé du Jazz 1 werden sich zum erstenmal gegenüber sten. Es is mir shon ein bissi peinlich, si wird wissen, wi ich in 21 jaren ausseen werd, da wird si sich vileicht noch fragen, ob es sich lont, mit mir zusammen zu bleiben. Si stellt sich vor.

»Ich bin Nane.«

»Das is meine freundin. Unsere freundin.«

Gesagt und bereut. Ich kann doch nich Nane disem monster übergeben.

»Meine freundin.«

Er fragt si, ob si sich nich irgendwo mal geseen ham, aber si kann sich nich erinnern. Is der auf so eine alte mashe umgestigen? Zu mir meint er, das ich in der lezten zeit zimlich gut zugenommen hab, und von uns beiden will er wissen:

»Wollt ir was trinken? Oder ein snäk?«

Ja, ein snäk hat er mir ni angeboten. Wird wegen ir sein. Sonst tut er so, als würd si ihn gar nich interessiren. Is ja ganz tüpish von ihm. Von mir. Oder is si ihm zu jung? Nein, eine frau is keinem mann zu jung, höxtens zu eng. Wir nemen alles an, da muss er etwas werkeln und wir ham mer freiraum. Er ruft den wächter.

»Eine fünf, eine acht und zwei sibzen.«

Bald kommen panirte krabben, spargel in aspiksosse und zweimal hünerkroketten. Wenigstens keine sanetorte mit karamellsosse. Er nimmt ein par kleine teller aus eim shrank, ich sitz direkt neben dem tishlein und nüz di 3 oder 4 sekunden aus, um di beruigungsmittel in sein bir zu geben. Jez, Nane, red vil mit ihm, bis das ding sich aufgelöst hat!

»Das is wirklich was man ein goldenen käfig nennt, oder?«

»Ja. Golden und käfig, ja. Ich kann mich nich beklagen. Ein swimming-pul felt mir, aber sonst is zimlich alles dabei.«

»Und ein urlaub in der Karibik, vileicht?«

»Ja genau. Bissi parajetting in Cuba ...«

Er sezt sich mit seiner ganzen shwerkraft hin und – prost! – trinkt ein par shluk von seim bir. Das gespräch läuft so dahin, er trinkt sein bir aus und nimmt ein neues, wir warten nur darauf, das sich di wirkung der pille bemerkbar macht. Nachdeem er ir ein par fragen gestellt hat, stellt er auch mir eine frage, höflichkeitshalber.

»Was macht der neue fuss?«

»Es get.«

»Und sonst so?«

»Fragst du das aus höflichkeit oder aus echtem interesse, um von meinen problemen zu erfaren?«

Er müsst aus höflichkeit sagen, das es aus echtem interesse is.

»Tja, aus interesse ... aber, echtem interesse? ... aber ... auch aus höflichkeit.«

»Also was jez? Interesse oder höflichkeit?«

»Ja gut. Interesse.«

»Wär deine frage aus höflichkeit, bräucht ich nur ›Gut, danke!‹ sagen, aber so wi du si gestellt hast, also das is eine frage, di eine vilshichtige antwort erfordert. Man könnte sagen, das das wolergeen eines menshen von 3 hauptfaktoren abhängt. Man könnte auch 2 oder 200 sagen, aber ich nenn jez mal drei: dem finanziellen, dem körperlichen und dem geistigemozionellen. Finanziell sit es so aus, das ich kein geld hab und auch keins shuldig bin, das kann widerum gut oder shlecht sein, je nachdeem woran man gewönt is. Ich war in meim leben maximal 7000 dm im minus und maximal 11000 dm im plus. Das macht ein untershid von 18000 zwishen dem höxt- und dem tifstpunkt. Da entspricht di zal 0, also kein geld, der note 4. Körperlich will ich nich klagen, aber ich komm nich umhin: mir felt ein fuss. Als trost muss ich sagen, das ich wenigstens eine protese hab und es mir sonst gut get, ich mein, ich hab keine lust, über wisen zu springen und 5 stunden erobbik zu absolviren, aber ich hab sonst keine beshwerden, also krigt das ganze keine 6 sondern eine 4. Mit dem geistigemozionellen get s wider. Ich bin nich ganz klar im kopf, aber das kann sich unter umständen als pluspunkt erweisen. Und emozionell get s mir eer gut, seitdeem ich das fräulein hir kennengelernt hab. Könnte eine eins krigen, aber da shweben einige shwarze wolken über meim lebenshorizont … dann liber nur eine 2, macht also insgesamt 4+4+2, und 10 durch 3 sind 3,3333 …«

Seine augen fangen an zu flimmern, wir müssen ein test machen. Zuerst mal shaun, ob er protestirt, wenn ich di zal weiter sag.

»… 333333333333333333333333333333333333333333333 …«

Er unterbricht mich nich. Gutes zeichen.

»… Und so weiter. Man könnte das belibig fortsezen. Das is ein fänomeen in der matematik, es heisst der kleinste gemeinsame nenner.«

»Der keinste gemeinsame nenner …«

Nane übernimmt.

»Hast du *keinste* gesagt?«

»Was hab ich gesag?«

»Hast du *keinste gemeinsame nenner* statt *kleinste gemeinsame nenner* gesagt?«

»Kann sein, ich hab nich so richig aufgepass.«

»Kann das sein, das du di leter-siknes hast?«

»Letta was?«

»Das is eine neuartige krankheit, es sind viren di sich im

sprachzentrum des hirns einnisten, si werden durch eine mutirte vibremse übertragen.«

»Mutirte vibremse?«

»Ja, du weisst, dise ganzen genexperimente, manchmal get das nich gut ...«

»Nich gut.«

»Di normalen vibremsen ham nur küe gebissen, nur di mutirten finden, das menshen besser shmeken. Vileicht ham di viren auch früer shon di sprachzentren der küe angegriffen, aber di küe können kein K von eim L untersheiden.«

»Nein, das können si nich ...«

»Di mutirte vibremse sticht nur am hintern, weil es da am weichsten is. Zi mal di pänts aus, da können wir genau sen ob dich eine gestochen hat.«

»Pänts aus ...?«

Wenn er da mitmacht, is er fertig, wir können ihn verpaken.

»Ja, dann können wir genau sen ob dich eine gebissen hat.«

»Ja. Morgen vileich ...«

»Das tut man ungern, ich weiss, aber das is wichtig, irgendwann is es zu spät, und da is man nich mer imstande, 2 konsonanten hintereinander auszusprechen, man is kaum besser dran als ein japaner.«

»So shlimm?«

»Ja, ganz shlimm!«

»Ja dann ...«

Tatsächlich. Er stet auf und macht anstalten, di hose auszuzin, der name der hose is Levi's, nur der gurt is etwas zu komplizirt für seine momentane inteligenz, Nane eilt, um ihm behilflich zu sein. Gleich is di hose unten, si zit di unterhose leicht runter und tastet sein hintern ab.

»Ja, tatsächlich! Di verflixte vibremse hat wider zugeshlagen! Ich glaub, du musst dich ganz auszin. Vileicht ham si auch noch woanders gestochen.«

»Aber si beissen nur am hinnan ...?«

Der hintern hängt zimlich.

»Ja, meistens, aber kaum hat man sich darauf eingestellt und sich da geshüzt, prompt stechen si woanders. Zimlich triki di vicher.«

Di ausziarbeiten gestalten sich ausserordentlich shwirig. Ich ste hinter ihm und zi mich auch aus. Er dret sich um und sit mich.

»Bi du auch gebissen?«

»Ja ja, zweimal. Du, weisst du was, ich glaub ich werd deine kleidung anzin, di shaut vil besser aus.«

»Meine kleidung? Warum?«

»Weil si besser aussit. Mer eleganz, versteest du?«

»Mer eleganz.«

Nane befilt ihm, meine kleidung anzuzin.

»Wiso?«

»Mer eleganz.«

»Ach so.«

Ich ge aufs klo und zi di perüke aus, Nane holt si und sezt si auf sein kopf.

»Das is ein anti-siknes-helm. So wird das fortshreiten der krankheit gebremst …«

»Ja, di vibremse.«

»Und wir rasiren dich gleich, damit du im krankenhaus rasirt ankommst. Di werden dich mit dem bart nich behandeln – oder willst du von den krankenpflegern rasirt werden? Das sind wahre henker!«

Shlimmer als Nane beim rasiren kann kein krankenpfleger sein, Gott sei dank hält dise wurshtigkeitspille wirklich, was si verspricht.

»Sag mal, gibt s irgendwas wichtiges, was du nich vergessen solltest und das mit buchstaben zu tun hat?«

»Vergessen solle?«

»Vileicht hast du bald eine endgültige letter-amnesi! Du solltest zum beispil das passwort zu deim konto nich vergessen! Kannst du dich noch daran erinnern?«

»Passwor?«

»Ja, passwort, erinnerst du dich?«

»Passwor.«

»Ja, was is dein passwort? Zu deim bankkonto? Passwort!«

»Passwort.«

Aus dem krigt si nix mer raus. Ich komm vom klo mit wenig haren auf dem kopf und eim halben bart. Pé1 shaut mich verwundert an:

»Kenn wir uns nich?«

Nane sagt ihm, er soll aufhören zu reden, das würde di krankheit nur vershlimmern. Ich ruf laut:

»Robert!«

Der wächter kommt.

»Robert, begleit bitte di leute zum eingang. Der tüp hat zuvil von meim china-wodka getrunken.«

»Getunken?«, fragt Pé1, aber Nane gibt ihm ein ruk, »komm jez!«

Es hat funkzionirt. Bis jez wenigstens.

Eine stunde wart ich noch, nimand kommt zu mir, ich kann davon ausgeen, das alles gut gegangen is. Ich trink ein grosses glas china-wodka um di richtige fane zu ham.

»Robert!«

Robert kommt sofort.

»Robert, ich muss zu meim zimmer.«

»Ja und? Warum gest du nich?«

Oje. Das heisst, das er zu seiner zelle alein gen kann, das heisst, er hat shlüssel. Wo sind di nur gebliben?

»Ich hab di shlüssel vergessen. Ich hab zuvil getunken.«

»O. K. Ich bring dich rauf.«

Wir gen durch einige gänge und türen, Robert versucht noch zu versteen.

»Aber du bist doch alein runter gekommen, wiso hast du jez keine shlüssel?«

»Ich sag doch, ich hab zuvil getrunken.«

»Ja, aber trozdeem ...«

»Ah da sind si ja, in meinen pänts.«

Wir kommen zu meiner zelle, di keine zelle is, sondern eine suite. Das einzige, was si von einer suite in eim luxus-hotel untersheidet, sind di gitter am fenster. Aber ser diskreet. Wenn ich mich nich irre, sind sogar 2 Picassos an der wand. Keine poster, keine kopin, sondern echte. Wenn ich mich nich täush, was in dem fall leicht passiren kann. Will er nur den besuchern imponiren? Andrerseits, wo soll er di besucher herhaben? Mich get das ganze nix an, ich muss shaun das ich mit disem kompiuter zurecht komm. Ich hab einiges über kompiuter gelernt, z.b. wi man sich an sein konto ranmacht. Di nummer hab ich shnell rausgekrigt, nachdeem ich in seinen papiren rumgesucht hab. Ich wart auf den abend, da fül ich mich sicherer, kein mensh kontrolirt di leitung, und es get los. Der kompi in der bank will mein passwort. Wi krig ich das passwort raus? Der undankbare hätt es doch sagen können. Irgendwas auf ultradoitsh, womöglich, aber heutzutage shreibt jeder ultradoitsh, das is zu riskant. Vileicht aus der sprache, di ich erfunden hab? Und was für ein wort? Glük? Das heisst *lahapi*. Unglük? *Lahapino*. Geld? *Moni*? Zu leicht. Vileicht geld-shnell? *Monikuik*? Oder was poetishes? Sommernachtstraum? *Ladrim nui ete*? *Ladrimnuiete*? Etwas zu lang. Oder eventuell *di warheit ligt in der luft*? *Laver e na er, laverenaer*? Noch länger. Oder vileicht *das geheime wort* in meiner sprache? *Motsekret*?

Ich versuch es immer wider, es funkzionirt nich. Bald verweigert der bankkompi jeden dinst, ich soll mich mit angestellten der bank in verbindung sezen. Sheisse. Dann muss Pé1 halt morgen das geld nemen.

Am näxten tag kommt Nane wider. Heute hat si 2 risige tashen voller obst. Am eingang musste si alles auf den tish legen. Natürlich is der beamte stuzig geworden, als si gesagt hat, das si mir das ganze bringt, sovil obst kann ich ja gar nich essen bevor di hälfte verfault is. Als si ins zimmer kommt, müssen wir shnell arbeiten. Di richtige tonaufname machen, gut, das ich di wächter beim namen kenn, dann obst raus aus der tashe und ich rein. Natürlich nich in eim stük sondern in eim duzend. Es wird eng in der tashe. Tashe zu, Nane drükt auf den knopf, der wächter kommt, gut das ich si alle shon kenn. Aus dem badezimmer tönt unser kassettenrekorder.

»Werner, kannst du si rausbringen?«

»Ja klar.«

So eine kurze antwort ham wir uns gewünsht. Und aus dem badezimmer:

»Also Nane, mach s gut. Bis morgen.«

»Bis morgen. Mach s gut.«

Werner bringt uns raus, di arme Nane muss 40 kg an jedem arm tragen. Gott sei dank is das ein deutsher wächter, der kommt nich auf den gedanken, ir zu helfen. Sonst wär er bestimmt stuzig geworden. An der kontrolle will ein andrer beamter sich di tashen anshaun. Sonst ham si ni kontrolirt, aber ausgerechnet heute. Ein dumpfer knall is zu hören, si hat mit der shlafmittelpistole geshossen. Ich hör eine männliche stimme:

»Eh, moment!«

Ein zweiter knall is zu hören. Darauf noch einer, und in meim kopf wird es shwarz.

Als ich wider aufwach, sind meine augen eigentlich offen, aber mir is neblig. Eine menshentraube stet um mich rum, menshen in weiss, menshen in grün, fotografen sind dabei, warsheinlich auch reporter. Ich beweeg mich nich, auch nich meine augen. Mein körper is noch zerstükelt. Ein arzt dozirt:

»Er hat alle körperorgane wi ein normaler mensh, nur di kemishe zusammensezung is uns völlig unbekannt. Normalerweise kann in diser kombinäishen kein leben existiren.«

Ein reporter fragt:

»Glauben Si, das er das ergebnis eines genetishen experiments is?«

»Ich bin nich geneigt, davon auszugeen. Wir konnten keine gene finden.«

Ein andrer arzt, dessen stimme ser wichtig klingt, vermutlich der sheffarzt, fragt:

»Und di andre leiche, ham wir shon eine autopsi?«

»Nein, wir ham uns erstmal auf Pé du Jazz konzentrirt, weil bei ihm überhaupt nix stimmt. Und, Dokter Mortens, shaun Si mal in sein kopf, so was ham Si sicher noch ni geseen.«

Der sheffarzt shaut durch di offene wunde in meim kopf. Es kizelt, ich muss mich zusammennemen, um nich zu lachen.

»Das ... das gibt s ja nich! Da is ein affe drin, ganz in sich gewunden!«

»Ja.«

»Is der affe auch tot?«

»Ja.«

»Das is ja alles absurd!«

»Sollen wir uns jez di andre leiche anshaun?«

»Ja ... Wo is di?«

»Im zimmer 115.«

Di verstörte menshentraube get, sheffarzt Professor Dokter Mortens verlässt ganz verwirrt den raum. Der reporter fragt ihn noch:

»Glauben Si, das es sich um ein ausserirdishes wesen handeln könnte?«

»Junger mann, versuchen si nich, alles zu däniken und auf ausserirdishe abzuwälzen. Ich bin mir sicher, das wir eine plausible, wissenshaftliche erklärung finden werden.«

Ich werd alein gelassen. Meine teile sind auf eim tish verstreut. Ich müsste mich wider zusammenlegen, aber mir get s gar nich gut. Ich hör shreie im gang.

»Di andre leiche is vershwunden! Di andre leiche is vershwunden! Rufen Si di polizei!«

»Aber wir sind von der polizei!«

»Und wiso konnten Si zulassen das eine leiche vershwindet?«

»Wir wussten von nix. *Si* sind der boss in disem krankenhaus!«

Ein grosses durcheinander in den gängen. Ich hab grade mein rechten arm angezogen, da get di tür auf. Ich stell mich wider tot. Eine krankenshwester fängt an, meine teile auf eine bare zu legen. *Nein, das is Nane!* Si hat eine brille auf und eine haube, di ir har verdekt.

»Nane!«

»Shhhh!«

Si dekt mich ganz zu, und wir verlassen das zimmer. Durch di gänge, aufzug, garage, di sanitäter im krankenwagen fragen wo s hingeet, si sagt, es is nix für si, dann di rampe hoch, parkplaz. Si lädt mich ins auto und färt los. Ich verlir wider das bewusstsein. Nane wird es shon richten. Nane.

Als ich wider aufwach sind meine teile immer noch auf dem rüksitz, neben mir shläft Pé du Jazz 1. Nane färt shnell und konzentrirt. Wi hat si das nur geshafft? Mein kopf tut we und is zimlich eingedrükt.

»Wi hast du das nur geshafft?«

»Man beisst sich so durch.«

»Was is mit Pé1?«

»Di dosis war zimlich hoch, er shläft seit gestern, ich hab ihn von der wonung ins auto shleppen müssen.«

»Das war bestimmt nich leicht.«

Ich muss mal wider ganz werden. Wi s so aussit, is es frü morgens und wir sind auf einer landstrasse. Pé du Jazz 1 wacht auf.

»Könnt ir mir erklären, was los is?«

Ich beruig ihn, wärend ich meine teile such.

»Nix is los, wir ham dich da raus gekrigt, das war alles nich so leicht.«

»Wo sind wir überhaupt?«

Dismal erläutert Nane:

»Wir faren richtung süden, zum Vorarlberg. Östreich.«

»Und wiso faren wir nach Östreich?«

Ich bin dran:

»Wir ham dich befreit! Ni wider knast! Wir faren dich nach Italien und da kannst du entsheiden wo du hin willst. Du musst nur dein geld vom konto nemen, wir teilen uns di kole und du kannst hingeen ins land deiner wal, wir ham shon ein falshen pass für dich organisirt und alles andre auch.«

»Moment mal. Is das eine entfürung?«

»Was heisst entfürung??!! Das is eine befreiung!«

»Ja, aber ich will ja gar nich befreit werden.«

»Was heisst da ›ich will ja gar nich befreit werden‹, spinnst du? Wir riskiren unsere haut und gräten, um dich da raus zu krigen, und du erzälst das du nich befreit werden willst? Das kann doch nich dein ernst sein! Man befreit sich selbst, und das selbst will gar nich befreit werden!«

»Nein, will ich nich. Drinnen hab ich meine rue, draussen hab ich dauernd mit leuten zu tun, mit denen ich nix zu tun haben möchte. Wenn ich draussen sein wollte, wär ich das shon längst. Fart mich bitte zurük.«

»Was heisst zurük faren? Wi faren doch nich zurük!«

»Dann lasst mich wenigstens hir raus, ich nem ein taxi.«

Von vorn kommt Nanes stimme.

»Du bist tot, Pé du Jazz gibt s nich mer. Wenn du jez wider hin gest und sagst, du bist Pé du Jazz, erklären si dich für verrükt. Shau her!«

Si zeigt uns di zeitung, eine vom bullevar, wo auch immer das is. Di ganze erste seite is mir gewidmet.

»PÉ DU JAZZ ERMORDET UND ZERSTÜKELT! – WAR ER EIN E.T.? Stuttgart – Der berümte autor und regissör Pé du Jazz is unter ser misteriösen umständen ermordet und zerstükelt worden. Di täterin wurde zuerst als Nane Szörek identifizirt, später stellte di polizei fest, das es sich um ein falshen namen handelt. Nachdeem si di tat in seiner gefängnissuite begangen hatte, versuchte si mit den leichenteilen zu flüchten, wurde dabei aber tödlich verlezt. Bei der obdukzion wurde festgestellt, das Pé du Jazz alles andre als ein normaler mensh war, sondern ein wesen, wi man es nur aus billigen seiens-fikshen-filmen kennt. Im kopf hatte er ein affen statt ein hirn. Aber er hatte nich nur ein falshes hirn, auch eine falshe glaze, ein falshen bart und sa vil jünger aus als sonst. Als wär das nich genug: bevor di leiche der täterin obduzirt werden konnte, vershwand si. Wärend man verzweifelt versuchte, si wider ausfindig zu machen, is di leiche des opfers ebenfalls spurlos vershwunden. Di polizei stet vor mereren rätseln. Weiteres auf s. 2, 3, 4 und 6.«

Ich sag zu Pé1:

»Sist du? Wir sind beide tot. Und si auch. Moment mal – Nane, wiso warst *du* tot?«

Pé1 will auch mitreden.

»Was habt ir für n sheiss angestellt?«

»Moment mal. Nane, wiso warst *du* auch tot, sag!«

»Ach, di zeitungen shreiben jeden blödsinn, du weisst, man kann der presse kein wort glauben! Di ham zum beispil von dir gesagt, das du tot bist, dabei stimmt das gar nich.«

»Ja, das stimmt. Ich mein, es stimmt, das es nich stimmt.«

Di logik is indiskutabel. Ich sprech mit Pé1:

»Befrein wollten wir dich! Und das ham wir jez davon! Du kannst uns wenigstens etwas geld geben!«

»Ir baut so ein sheiss und wollt noch geld von mir? Und selbst wenn ich wollte, ir glaubt doch selber nich, das mein konto noch zugänglich is. Di werden es shon längst gesperrt ham!«

Nane shaut mich an.

»Wo er recht hat, hat er recht.«

»Sag mal, wi war dein passwort?«

»Wiso willst du mein passwort wissen? Glaubst du, ich sag jedem mein passwort?«

»Naja, jez kann es dir doch wursht sein, dein konto is gesperrt, du sagst es selber, und wenn du es je wider öffnen kannst, dann sicher nich mit dem gleichen passwort.«

»Wozu denn, wenn du nix damit anfangen kannst?«

»Neugir halt.«

»Mein passwort war »passwort«.«

Ich und Nane starren uns an. Hat er sogar gesagt, nachdeem er di pille genommen hatte.

So leicht war das. Wir müssen überlegen wi s weiter gen soll.

»Lasst mich raus, ir seid wansinnig!«

»Wenn du zurük willst, O.K., aber wir faren noch über di grenze. Auf dich werden di nich shiessen, so sind wir sicherer, und danach kannst du machen was du willst.«

Normalerweise wird di grenze nich kontrolirt, das vereinigte Europa braucht sowas nich mer. Dise grenze ham wir uns ein ganzen tag lang angeshaut, und da war ni eine kontrolle. Aber wi das so is, heute is das grenzgebäude besezt und wir können es sen, es wird kontrolirt. Nane nimmt blizshnell mein oberkörper, legt ihn auf den beifarersitz und dekt mich mit einer deke zu. Is besser so. Di beine bleiben hinten am boden.

Nane dret sich zu Pé1:

»Wir möchten nur, das du an der grenze nix sagst, und wenn man dich fragt, is dein name Dimais Oudy. So stet s in deim pass.«

»Wiso soll ich disen blödsinn mitmachen? Was hab ich davon, das ich mich strafbar mach?«

»Shlimmstenfalls entdekt man di fälshung und locht dich ein, aber das willst du ja.«

»Na, so ein sheiss mach ich echt nich mit.«

»Bitte, mann, einmal kannst du mir doch helfen! Nur dises einzige mal!«

Der polizist will di pässe sen. Beim pass von Pé1 oder Dimais Oudy wird er stuzig. Er shaut sich das bild an, dann Pé1 durchs fenster.

»Si shaun ja auf dem foto aus wi der Pé du Jazz.«

»Ja genau«, sagt Pé1.

Der polizist shaut ihn wieder an, Pé1 sagt das einzig richtige:

»Wenn Pé du Jazz tot is, dann kann ich nich Pé du Jazz sein, ich bin ja am leben.«

»Wi, Pé du Jazz tot?«

»Ich frage: wi kann ich Pé du Jazz sein, wenn Pé du Jazz tot is und ich am leben bin? Ham Si di zeitung noch nich gelesen? Da shaun s doch selber!«

Der bulle shaut sich di shlagzeile an und ihm felen di worte. Mein tod bringt di menshen in wallungen, ja ja, in wallungen, in der merzal, so hab ich s mir immer gewünsht. Er ruft zu jemandem im heisl (hochdeutsh häusl):

»Franzl!«

»Was is?«

»Shau dir de shlagzeil ã!«

Er get ins heisl, zusammen lesen si di zeitung. Si reden aufgereegt miteinander. Hinter uns sten shon einige autos, ja müssen wir hir den ganzen tag warten? Nane, komm, far los, wer nich kontrolirt wird, kann durchfaren, oder?

»Langsam, Nane.«

Wir sind kaum hundert meter gefaren, da hören wir eine pfeife. Ich shau in den spigel, si geben uns stoppzeichen.

»Far weiter, is nich für uns.«

Kann man nur hoffen, das si uns vergessen. Aber der minutenzeiger macht keine volle tur und shon hören wir eine sirene.

»Far shneller, es *is* für uns.«

Ja, shneller, hab ich gesagt, kein probleem, dise frau hat den Teufel in sich, oder si is ein verkleideter ninja-kriger. O.K., es gab shon einige di über 180 gefaren sind, aber in der fussgängerzone find ich das eine übertreibung. Wir sind da noch nich raus, shon sen wir ein polizeiauto hinter uns, das offensichtlich mit 190 daherkommt. In der fussgängerzone. Bei den ordnungskräften is ein deutlicher sittenverfall zu verzeichnen. Gott sei dank is es nich allzu menshenmengig gerade, es is 14 ur, eine zeit in der der östreicher zu shlafen pflegt (la siesta, nennen dise südländer das), und nich zu vile fussgänger werden in mitleidenshaft gezogen, nur einige rentner one di nötigen reflexe. Ich möchte Nane gern sagen, das das ein bisschen zu shnell is, wi si da färt, aber mit disem kamikazefarer hinter uns ham wir keine wal. Für di roten ampeln sind wir zu ungeduldig, o shrek lass nach, Pé du Jazz jammert nich shlecht dahinten, er will sofort aussteigen, er meint wir sind wansinnig, und dann noch dauernd dises reifengequietshe. Ich verstee ihn shon, wenn man nur ein leben hat, so beshissen es auch sein mag, macht man sich darum sorgen. Wir verlassen di stadt Bregenz, di Gott sei dank nich besonders gross is, auch 20 years after. Shnell kommen di berge, unser verfolger hat zimlich gut aufgeholt, ich möchte Nane sagen, das troz der gefar, di von diser hoen geshwindigkeit ausgeet, si etwas shneller faren sollte, aber si kann nich. Das di alte kiste überhaupt sovil hergibt, di muss noch aus dem lezten jarhundert sein, Golf, vileicht 93 oder 94, ein echtes libhaberstük. Kostet bestimmt ein vermögen.

Hir weiter oben in den bergen shneit es, di berge und wisen ham eine dike weisse deke. Wir überholen ein LKW, und eine ganze autokolonne kommt aus der entgegengesezten richtung. Unser verfolger muss sich hinter dem LKW gedulden. Wir krigen wider ein par hundert meter luft, Nane färt volle pulle weiter, di kurven werden immer enger, also wir ham uns ein par hundert meter abstand vershafft, aber di polizisten hinter uns fangen zu shiessen an.

Di kugel hinterlässt ein grosses loch in irem hinterkopf, Nane is tot! Di kurve! Ich dre das lenkrad, das get alles zu shnell, ich steig mit meim oberkörper auf iren shoss, ich muss ire beine benüzen, um gaszugeben und zu bremsen, neue kurve, runter vom gas rauf mit dem bein jez auf di brem

Di kurve hab ich nich geshafft. Zuerst fligen wir richtung horizont, dann wi ein stein senkrecht nach unten, das auto shlägt mermals auf. Das aufwachen is kein eiershleken, alles tut mer we als es vorher shon getan hat. Das auto stet oder ligt auf dem dach, und ich muss erstmal raus. Allmälich kann ich mir ein bild von der situazion machen: Pé du Jazz 1 ligt bewusstlos drin und Nane, nein, Nane is nich da. Ich zi Pé1 raus, eine leistung wenn man keine beine hat, er wacht auf.

»Get s dir gut?«

»Ich werd gleich sterben.«

Was sagt er da? Und was soll ich sagen, soll ich sagen, das er nich sterben wird? Und wenn er stirbt? Wi ste ich dann da? Er spricht weiter.

»Das war ein klarer fall.«

»Was meinst du?«

»Ich hab mir immer vorgenommen, vor meim tod ein lezten

kalauer von mir zu geben. Ich weiss, der war nich besonders gut, aber mir get s auch nich besonders gut.«

Er schliesst di augen. Sein puls gibt kein lebenszeichen mer. Er begibt sich grade auf di wanderung durch di ewige nacht. Er is tot, und mit ihm ein stük von mir. Das ich mein tod noch erleben würde, damit hab ich nich gerechnet. Und ich hab nich einmal zeit gehabt, mich bei ihm zu bedanken, das er sich an der grenze so gut benommen hat. Was hat ihn eigentlich getötet, vileicht ein kopfshlag, vileicht hat s ihm das genik gebrochen. Das herz, das milionen male geshlagen hat one zu muken, arbeitet nich mer. Di zellen sind noch nich tot, oder? Was werden zum beispil di fresszellen machen, di fremdkörper bekämpfen? Der kreislauf hört auf, das blut fliesst nich mer, also sagen sich di zellen, feierabend leute, legen sich in einer eke hin und warten auf di ankunft der bakterien, di si verspeisen werden? Wi auch immer, eines tages muss man dem tod in di augen shaun und sich damit abfinden, das es aus is. Sheisse find ich s trozdeem.

Eigentlich hab ich sein tod verursacht. Weil ich ihn befrein wollte. Jez bin ich nur noch einer, keine reserve mer, da sollt ich jez gut aufpassen. Obwol ich nich mer Pé du Jaz bin. Ich hab seine ausweise nich, sein ausseen krig ich nur mit etwas meyk-app-müe, ich bin auch genetish nich Pé du Jazz, ich werd ni und nimmer als Pé du Jazz anerkannt. So wi mein freund Robert ni Napoleon sein könnte, auch wenn er das gedächtnis von Napoleon hätte. Napoleon is tot. Pé du Jazz is genauso tot, auch wenn er nich so gross war, dafür hat er nich so vile probleme verursacht.

Man wird ihn finden, sein tod noch einmal feststellen, und sich fragen, gibt s ein tod nach dem tod? Meine beine sind nich mer im auto. Und Nane? Wo is Nane? Si is auch tot, vermutlich. Wir sind ein par hundert meter gerollt, oben se ich keine polizisten, si ham ansheinend gar nich gemerkt, das ein loch in der leitplanke war, so eilig ham si s gehabt. Mann, da ligt ir kopf, 20 meter weit wek. Wi konnte so was nur passiren? Ich muss one beine hinkrabbeln, vil shne hir, nem iren kopf in den shoss und streichel ihn.

»Kannst du vileicht mein kopf zu meim körper bringen?«

Si hat shläfrige augen!

»Nane! Du lebst ja noch!« Ich drük iren kopf an meine brust, »das is ja wunderbar!«

Wir bleiben eine zeit lang so.

»Warum hast du mir ni erzält, das du auch eine ufo-entfürte bist?«

»Du hast ni gefragt.«

»Ich kann doch nich jeden passanten auf der strasse fragen, ob er shon von eim ufo entfürt worden is.«

»Ich bin doch nich irgend ein passant von der strasse.«

»Nein, das bist du nich. Seit wann bist du aus dem all zurük?«

»Ich bin vor 6 jaren zurük gekommen.«

»Was is denn aus deiner nummer 1 geworden, deim orginal?«

»Meine nummer 1 war eine deutshe, di 1857 in Krakow geboren und 1912 in Südbrasilien gestorben is, in Frederico Westphalen. Und was is aus deiner nummer 1 geworden?«

»Tot.«

»Tut mir leid, ich hätt nich so shnell faren sollen. Aber das eine polizeiauto war wi ein besessener hinter uns her …«

»Macht nix.«

Si schweigt.

»Jeder muss mal den indianer spilen. Sag mal, bist du wirklich im neunzenten jarhundert geboren? Wiso bist du denn erst jez hir?«

»Meine reise hat länger gedauert.«

»Das muss zimlich shwirig gewesen sein, di umstellung, oder?«

»Zimlich. Und man tut sein bestes um nich aufzufallen.«

»Und du bist damals nach Brasilien ausgewandert? Du könntest eigentlich meine urgrossmutter sein.«

»Bin ich auch.«

»Wi meinst du das jez?«

»Ich bin deine urgrossmutter.«

»Du bist meine urgrossmutter?«

»Ja.«

»Nein.«

»Ja. Mein richtiger name war Natalie du Jazz.«

»Aber si war doch vil älter!«

»Am ende shon, aber früer war si jünger«.

»Hast du nach mir gesucht?«

»Als ich zurük gekommen bin, hab ich bald von Pé du Jazz gehört. Ich hab entdekt das er mein urgrossenkel is und hab ihn besucht, di nummer 1, aber er hat mir nich geglaubt. Dich hab ich zufällig gefunden.«

»Sag mal, jez will ich s endlich wissen. Warum bist du im banhof damals vershwunden? Und warum hast du mir später eine falshe telefonnummer gegeben?«

»Ich wollt s so spannend wi möglich machen. Aber ich hab dich ni aus den augen verloren.«

»Ja, ich hab mir gleich gedacht, das da was nich stimmt! Dise vilen zufälle, und du warst so anders als di andren, du hast mir so leicht geglaubt und dir is auch immer so warm!

»Ja. Du kannst gut beobachten, du bist so klevver ...«

»Na so was. Das du meine urgrossmutter bist, is ja starker tobak. Dabei bist du jünger als ich. Aber is das nich inzest was wir da tun?«

»Eigentlich shon. Aber wir werden sowiso keine kinder krigen.«

»Sag mal, meinst du, wir werden sterben? Vileicht sind wir unsterblich.«

»Nein, das sind wir nich. Weisst du das nich? Hat man dir das nich erzält?«

»Was?«

»Das wir nich unsterblich sind. Wir werden immer weicher, irgendwann werden wir uns auflösen, wir werden am ende nur noch pfüzen in der landshaft sein.«

»In wivil jaren?«

»Keine anung.«

»Gut ... dann sterben wir eben. Wenn es keine alternative gibt. Shade. Wir könnten nach Nordsibirien zin und dort di tage verbringen, di uns übrig bleiben. Und wenn wir zu pfüzen werden, können wir zusammen eine pfüze bilden!«

»Ja ... wir müssen bald wek hir. Du musst deine beine finden und mein kopf zu meim körper bringen. So, wi wir sind, shaffen wir den langen weg bis nach Nordsibirien nich.«

SAD END

Wir sind der polizei entkommen, nach Win gefaren und von dort nach Moskwa, da ham wir proviant gekauft, vor allem gefrorene piza mit allem und sardellen. Gibt s inzwishen auch in Russland. Leider mag Nane weder piza noch sardellen. Si mag nudeln mit brokoli und käsesosse. Kein probleem. Dann sind wir mit der Baikal-Amur-Magistrale-eisenbanlinie nach Ust-Kut gefaren, von dort aus mit dem bot den Lena-fluss abwärts bis nach Jakutsk, dann nach Wiljuisk geträmpt, von dort zu fuss den Tjung-fluss 30 km aufwärts, und dort ham wir uns nidergelassen. Wir ham eine hütte gebaut – man darf sich nur nich zu ser an si lenen, das mit dem häuserbaun ham wir nich so richtig drauf – und so leben wir hir wunderbar, vom proviant, von fish, den wenigen birken und dem bissi steppenvegetazion. Hir is es vor allem ruig, ausserdeem weit und breit kein rauchverbot. Inzwishen sind wir noch weicher geworden, ich ge wi ein gorilla, Nane is nur noch imstande, auf allen vieren zu gen. Manchmal sherzen wir, ich sag »plaz!« und si bleibt auf den hinterpfoten sten. Natürlich nich lang.

Vor eim monat hab ich Pé1's lezten kalauer endlich verstanden. War tatsächlich nich besonders grossartig. Ich hoff ich werde das bei meim tod kompensiren, ich hab vil zeit zum planen.

Leider is vor einer woche ein torso mit eim fuss drunter angeshwemmt gekommen. Der torso war lebendig und gehörte Marshel Rauch-Rampenliczki. Der fuss, hab ich bald festgestellt, war mein fuss, aber ich hab ihm den nich wek genommen, er hatte sonst nich vil. Und ich war immerhin glüklich, das ich mein fuss wider sen konnte. Er muss nich mer ein einsames leben auf eim magmaplaneet fristen.

Ja, das geheimnis des vershwindens von Rauch-Rampenliczki wurde gelüftet. Bei dem ham di kugel-E.T.'s nich vil übrig gelassen, di sind noch gemeiner als ich dachte. Zu uns waren si ebenfalls gemein: Sibirien is wirklich gross, so vil plaz zum landen, und das si ihn nur zufällig am Tjung rausgelassen ham, halt ich für ausgeshlossen. Wir wollten ihn nach Bratsk bringen, der näxten grösseren stadt in der näe, keine 3000 km bis dahin, aber er wollte nich als torso in der welt rum kritisiren. Dafür hab ich ein gewisses verständnis. Leider heisst das, das wir ihn durchfüttern müssen. Dafür lernen wir eine menge über literatur. Wenn shne fällt, bin ich immer gezwungen, in den wald »auszutreten«, das heisst stundenlang bauchreden. Ich ge in den wald damit Marshel mir nich zuhört. Wenn er das tut, kritisirt er immer wider meine gedanken. Was eine gemeinheit is, da er als bauchredner, der seine eigenen gedanken preisgibt, nich in frage kommt. Ein torso hat bekanntlich kein bauch. Zu dritt, mit Rauch-Rampenliczki als ständigem nörgler, is das leben leider nur noch halb so shön.

zé end

SPRACHLICHES NACHWORT

Wenn du dir keine gedanken gemacht hast, und es dich auch nich sonderlich interessirt, warum ich so shreib, dann is das buch für dich fertiggelesen, du kannst es zumachen. Wenn du aber wissen willst, warum ich so shreib, kannst du noch etwas weiter lesen.

***

In »fom winde ferfeelt« schlag ich 2 leichte, konsequente änderungen pro jahr vor bis 2012. Am anfang dieses buches »ufo in der küche« bin ich ganz normal nach meim fahrplan vorgegangen, bis zu dem punkt, wo ich entdeck, das man im jahr 2019 wunschdeutsch schreibt.

Hier zeig ich euch die änderungen, mit denen ich am anfang gearbeitet hab, also die änderungen von 1995 bis 1998. Alle diese änderungen sind bei meinen »volksabstimmungen«, die ich bei meinen lesungen veranstaltet hab, durchgekommen, zweimal in einer abgemilderten form.

1995, 1. änderung: die gross/kleinschreibung is wie in Normaleuropa. Satzanfang und eigennamen werden grossgeschrieben, sonst alles klein.

1995, 2. änderung: einige formen der umgangssprache werden amtssprache. *Ist, nicht, nichts* werden *is, nich, nix.* Nun kann man beim sprechen auch unterscheiden: der mensch is, was er isst. *Nun/jetzt* werden zu *nu/jetz. Bisschen* kann weiterhin *bisschen,* aber auch *bisken, bissal* und *bissi* geschrieben werden. Ich verwende *bissi. Gerade* wird *grad(e).* Die akkusativendung nach artikeln und pronomen, die mit *n* enden, wird weggelassen: *ich hab ein hund gesehn, ich nem mal dein löffel.* Bei der dativendung *em* verschwindet das *ne: ich bin in eim alten zug gefahren. E*'s, die nich der dehnung dienen und nich ausgesprochen werden, verschwinden: *sehn, fraun.*

Nur zwischen zwei konsonanten bleiben sie drin: *sagen, fahren.* Das unausgesprochene *h* gilt nich als konsonant: *ausleihn, sehn.* Beim verb *haben* oder *ham* gibt es mehrere änderungen: *ich hab, du hast, er hat, wir ham, ihr habt, sie ham.* Also braucht di erste person kein *e* mehr: *ich hab, ich seh.* Wenn man das *he* von *herauf, herunter* nich ausspricht, muss man's auch nich schreiben: *rauf, runter.*

1996, 1. änderung: deregularisierung des kommas. Es gibt keine kommaregeln mehr. Sie werden gesetzt, wo man eine pause für nötig hält. In diesem buch sind einige kommas drin, die mir überflüssig erscheinen: noch ein paar quadratische regeln und mein mini-amazonaswald verkommt zu eim deutschen schräbergarten. Der lektor wollte sie aber liebend gern drin haben, da hab ich gedacht, naja, wenigstens gibt s so mindestens ein zufriedenen lesi meines buches. Der gebrauch von apostrophen is nich mehr zwingend: ich hab s oder ich hab's. Ich schreib fast immer oben ohne.

1996, 2. änderung: im ultradeutsch is der flotte dreier pflicht. Eine sache der *bettag*, eine andre der *betttag* (da verpennt man den ganzen tag). Das is keine regel, sondern nur eine regelabschaffung.

1997, 1. änderung: die silbentrennungsregeln werden zwar nich abgeschafft, aber extrem vereinfacht:

a. zu-sammen-ge-setzte wörter werden nach ihren be-stand-teilen ge-trennt. Endungen werden nich als selb-ständige be-standteile ge-sehn, also tei-len statt teil-en. Bei fremd-wörtern kann man die wörter als ein-fache oder als zu-sammen-ge-setzte wörter sehn. Päd-a-go-ge oder pä-da-go-ge, beef-steak oder beefsteak. Niemand hat die pflicht, sämtliche europäische sprachen zu können.

b. bei ein-fachen wörtern:
ba: im Ers-ten, O-beren teil muss mIn-destens ein vO-kal sein.

bb: der un-TE-RE teil fängt mit 1 kon-SO-NAnt + 1 vo-KAl an.

bc: kon-so-nan-ten-grup-pen, die nur ein laut ver-tre-ten, wer-den als ein kon-so-nant ge-sehn: ge-SCHehn, zu-CKer, a-po-THE-ke.

10 zeilen, um die regeln zu erklären, statt den 200, die der Duden braucht. Bei über 90% übereinstimmung.

1997, 2. änderung: Man kann zusammen oder getrennt schreiben: auto fahren, autofahren, radfahren, rad fahren. Allesisererlaubt, abermanschreibtumverstandenzuwerden. Wer ander e leut e nur ärg er n will, kann das nach wie vor tun.

1998, 1. änderung: das *ß* wird durch *ss* ersetzt. So is die einheit der deutschen sprache wieder hergestellt: Deutschland, Österreich und die Schweiz schreiben wieder gleich.

1998: 2. änderung: das *ph* wird *f* geschrieben: filosof, fase, fotografieren.

***

Nachdem ich 4500 leute über einzelne änderungen hab abstimmen lassen, kann ich schon mit einer gewissen sicherheit sagen, was sich die deutschsprachige bevölkerung wünscht. Es sind die oben ausgeführten änderungen plus:

9. Denungsbuchstaben verschwinden: *sal* und *zal* wi *tal, liben* wi *leben.* Bleibt das *ie,* wenn es in eim stammwort vor 2 oder mer konsonanten stet, damit wir den satz *Wilhelm Tell und seine freunde schiessen über den kopf seines sones* nich missversteen müssen. Und bei 3 wörtern: *ihm, ihn* und *miet (ich miet, mietvertrag).*

10. Bei endsilben mit langem *e* wird dises verdoppelt. So können wir zum beispil *hingen* von *hingeen (hingehen)* unterscheiden.

11. Fremdwörter dürfen eingedeutscht werden. Ich schreib *macho* und *spagetti*, aber du kannst auch *matscho* und *spaghetti* schreiben. Ich mag kein *h* in der suppe, warum sollt es mir im spagetti spass machen?

12. *Chs*, wi auch *ks* und *cks*, werden zu *x*. In disem punkt gibt s ein starken konzens.

13. *Ck* wird nur noch *k* geschriben.

14. Tz wird z geschriben (*bliz*), das *t*, das als *z* ausgesprochen wird, genauso: *informazion*.

Das *sh* für *sch* wollt leider keiner, obwol grade dise kombinazion dafür verantwortlich is, das di deutsche sprache als monströse sprache bekannt is (schlammschlacht, lachsschlemmer, schau dir di wörter nur an), als di sprache von unmenschen. Gut, di merheit der deutschen bevölkerung will es nich. Aber ich bin künstler, und ich darf das, oder? Das darf eigentlich jeder, ausser du bist shüler oder beamter. Du kannst auch formulare so vershiken, ich mach das seit jaren und ni is was zurük geshikt worden weil es falsh geshriben war.

Dann gab s noch ein paar vorshläge, di nich durchgekommen sind:

Dt wird *tt* geshriben, wenn s nötig is (*statt*) oder mit einfachem *t*, wenn s nich nötig is: *verwant*. Das *er*, das als *a* ausgesprochen, wird mit *a* gesriben: *bessa, bäka, zuka, aussadeem*. Das *g* bezeichnet nur noch den deutshen laut wi in *gut*. Der französishe laut wi in *geni, gelee* und *jurnalist* wird *j* gesriben: *jeni, jelee, jurnalist*. Das deutshe *j*, mit dem kurzen *i*-laut, wird *i* gesriben. *ia, ie, iodeln*. Das englishe wird *dj* gesriben: *djip, djungel*. Wer s direkt mit *sh* ausspricht, sreibt s auch so: *sheni, shelee, tship, tshungel*. Das *pf* im anlaut kann auch *f* gesriben werden, wenn man s so ausspricht: *ferd, fanne*. Das *qu* wird *kw* gesriben: *kwalle, kwelle*. Statt *sz* zu sreiben und *sts* (drei laute) auszusprechen, sreiben wir *ss* und sprechen s so aus: *dissiplin, fassinazion.* Das *v* wird durch *f* oda *w* ersezt, ie nachdeem, wi s ausgesprochen wird. *Fäta ferzein files, der wegetaria spilte wariazionen auf der weranda.* Das *ä* wird *e: shedel* wi *wedel, nee* (nähe) wi *ee* (ehe). Das *ch* wird *c* gesriben: *di sleicende smac der frecen specte.* Das *ei* wird *ai: baissen, haissen.* Das *eu* wird *oi* gesriben: *di boime fingen foia.*

Dise änderungen sind, wi gesagt, nich durchgekommen. Im grunde wollen di leute nix anderes als eine rechtshreibung, di möglichst so aussit wi di altbekannte aber keine felerquellen hat, also waren si für di änderungen, di felerquellen abshaffen. Zwei bleiben aber: das probleem des *v*, das sowol für *f* wi für *w* sten kann, und das *ä*, das di deutshen für ein vom *e* völlig vershidenen laut halten. Dabei sag ich immer, das mein name wi *Sä* auszusprechen is, trozdeem sagen di leute *See.* Ich kenn ein menshen, der Sperlich heisst, und ein andren, der Kefer heisst. Gesprochen werden ire namen *Sperlich, mit eee, nich mit ääää,* und *Kefer, mit eee, nich mit ääää.* Wozu dise diferenzirung, wenn dise buchstaben anders ausgesprochen werden? Sag ein saz wi *Bei meim farrad sind beide reeder kaputt,* jeder wird ein ä hören und keiner wird sagen, du hast es komish ausgesprochen.

Zum wunschdeutsch wär noch zu sagen, das man bei wortkolisionen di opzion hat, nach der alten schreibweise zu schreiben, zum beispil beim wort *wieder: fux, du hast di gans gestolen, gib si wider her.* Normal versteet jedes analfabete kind, was damit gemeint is, aber du fürchtest vileicht, das erwaxene unanalfabeten probleme damit ham, dann shreibst du *wieder,* im alten stil. So auch *mer,* das sowol für *mehr* wi auch für *meer* stet.

Für di umlaute kann ich in der internettigen zukunft nur vorshlagen: statt *ae, oe* und *ue,* warum nich einfach *e, oe* und *y?* Für *oe* gibt s kein einfachen ersaz, aber wenigstens fyr di andren zwei.

So. Macht eine reform, eine richtige, und gebt den leuten di freiheit, zu entsheiden, was si wollen. Alle, di weiterhin so shreiben wollen, wi si shon immer geshriben ham, sollten es doch bis zu irem lebensende tun dürfen, one shlechtes gewissen. Aber si sollten nich andre menshen dazu zwingen, mit shlechtem gewissen zu shreiben.

***

Und zu all den protestbrifen in den zeitungen gegen di rechtshreibreform hab ich noch was zu sagen:

Reformgegner ham vershidene argumente gegen reformen, und ich werd si mal hir kurz analisiren. Nein, ich find nich, das reformgegner unmenshen sind, da hätt ich eine menge feinde um mich. Ich find sogar, si sind notwendig. Kein auto kommt one gaspedal und bremse aus, und ein gaspedal alein nüzt nich vil. Mit dem gegner, der bremse, wird di geshwindigkeit geregelt. Aber mir färt dises auto entshiden zu langsam.

Das argument, das als erstes immer kommt, is eine frage: warum vereinfachen? Di antwort is einfach: weil einfach besser is. Damit is auch der reformgegner einverstanden, wenn di vereinfachung kein qualitätsverlust bedeutet. Und das is hir der fall: wenn wir mit autos rumparabeln, dann lass mich sagen, ich will nich aus eim mercedes ein vw-käfer machen, sondern aus eim mercedes mit 5 gaspedalen, 8 kupplungen, 7 lenkrädern, der in keinster weise shneller, sparsamer oder komfortabler is, ein ganz normalen mercedes, mit eim pedal für jede funkzion. Wirst sen, funkzionirt besser!

Si kritisiren, das jede reform vileicht shreiberfreundlicher aber auf alle fälle leserfeindlich is. Natürlich is si für menshen, di shon gut lesen können, also di merheit der erwaxenen, eer leserfeindlich als -freundlich. Wenigstens für di ersten par stunden oder tage, bei manchen menshen sogar monate oder jare.

Weil eine umgewönung notwendig is. Das is aber situazionsbedingt. Im absoluten vergleich shneidet eine reform, di unausgesprochene buchstaben eliminirt, somit di wörter kürzer und klarer gestaltet, natürlich besser ab. Wenn man eim chinesen di vorteile des lateinishen alfabeets naebringt, is auch er empört. Er findet das lateinishe alfabeet, mit 26 buchstaben, shwiriger zu lesen und shreiben als seine eigene shrift, mit 50000 karakteren. Aus eim einzigen grund: er is es gewönt. Der chinese, der is einiges gewönt.

Man kritisirt den versuch, di gemässigte kleinshreibung einzufüren, mit dem argument, man könnte dann nich mer hauptwörter von adjektiven oder verben untersheiden. Das stimmt, dafür kann man zwishen normalen hauptwörtern und eigennamen untersheiden: im shwerdeutshen weiss man nich, ob der Spiegel ein möbelstük oder eine zeitshrift is (manche benüzen di zeitshrift als möbel), ob Polen das land is oder di einwoner sind, ob di Erde der boden, di substanz oder der name des planeten is. Das kann jede andre europäishe sprache mit 10% der müe, di di deutshen ham. Das hätte nur ein sinn, wenn man z.b. bei den hAuptwörtern den zweIten bUchstaben gross shreiben wüRde, bei den vErben den driTten, bei den aDjektiven den virTen, bei den aDverbien den fünFten. Es wäRe für di dEutshen genaUso shwIrig zu leSen wi di norMale deuTshe sPrache für aUsländer, und das wäR doch ein aUsgleich und ein tRost für di aUsländer. Wenn das wOrt nich lanG genuG wär, köNnt man eine zAl dahiNter shReiben, oder ideaLerweise merere nixSagende fÜllbuchstaben bis zur erfOrderlichen zAl hiNshreiben, also wenn bei aRrtikeln der 9. bUchstabe groSs sein müSste, dann wüRd man shReiben: diehfeikjW oder dasqtgkmC. Das gäbe dann ein plastisheres bild, wenn nich in meim sinne dann wenigstens im sinne der reformgegner, di so vile konsonanten hintereinander liben. Und man könnt aus disen nixsagenden buchstaben chifrirte botshaften machen.

Man behauptet, wenn di hauptwörter gross geshriben werden, weiss de lesi wovon di rede im saz is. Di bezeichnung »hauptwort« is aber nich weniger willkürlich und irrefürend als di bezeichnung »zeitwort«, di keine zeit angibt, ausserdeem is si vor 200 jaren von eim einsamen shriftsteller erfunden worden, und was wir von solchen einsamen shriftstellern halten sollen, wissen wir. Wenn ich eim freund erzäl, »ich habe einen Holländer überfallen«, kann man sagen, das di rede von mir, vom holländer und vom überfall is, und wenn sich mein freund eine woche später an mein saz erinnert, dann wegen dem wort *überfallen*, nich aber wegen dem wort *ich* oder *holländer*. Also war di rede von eim überfall, nich von eim holländer, und ich hätt shreiben müssen: »ich hab ein holländer Überfallen«.

Übrigens, der holländer hat sich geweert, es gab shererein.

Ausserdeem is in texten mit kleiner shrift der untershid zwishen punkt und komma kaum erkennbar. Bei der gemässigten kleinshreibung erkennt man den punkt, weil nach ihm ein grossgeshribener buchstabe folgt. Das wissen widerum di besserwissenden deutshen nich. Weil es wörter mit grossbuchstaben in hülle und fülle und überall gibt, vor allem überall.

Man soll angeblich mit der herkömmlichen rechtshreibung Göte lesen können, was man nach einer reform nich mer könnte. Als wär di sprache Götes di gleiche wi di jezige. Man verteidigt hunderte von zeichensezungsregeln, als hätte Göte si nich anders gekannt, dabei hat er ni was von einer einzigen zeichensezungsregel gehört, ausser von denen, di sein instinkt oder der common sense diktirt, wofür auch ich eintreet. Gud sens, not polees. Übrigens, ich shreib »Göte«, weil er selber sein namen auf 4 vershidene weisen geshriben hat, und ich hab mich statt für di komplizirteste für di einfachste version entshiden.

Ja, wir shreiber, dichter, wir entsheiden uns. Könntet ir auch mal probiren, zur abwexlung.

Di helden der krönung der shöpfung, der deutshen sprache, dachten überhaupt nich im sinne der reformgegner. Martin Luther und Konrad Duden ham di deutshe rechtshreibung mer geändert als sich das ein heutiger reformer träumen könnte. Und si ham immer dem volk aufs maul geshaut, was reformgegner heutzutage »di sprache an halbanalfabeten anpassen« nennen würden.

Du kannst mit deiner sprache spilen! Si ham si bereichert, der Luther, der Göte, in dem si mit ir gespilt ham. Ich weiss, du machst das auch, aber der Göte wird shön weiter auf dem sofa der geshichte sitzen, wärend du bald nur noch ein haufen karteileichen hinterlassen wirst. Es is nämlich so: du heisst nich Göte. Ich auch nich.

Aber Göte war deutsher, und wir wollen uns internazionalisiren. Wir wollen über di ausfremdung der deutshwörter, ich mein di eindeutshung der fremdwörter, reden. Dabei get s nich darum, das di menshen dazu gezwungen werden, alle fremdwörter einzudeutshen, sondern das si frei sind, es zu tun, und nich dafür bestraft und in den kerker gestekt werden. Ich find dise posizion der reformgegner nich ser konsequent. Man is radikal gegen eindeutshung, gleichzeitig findet man di deutshe sprache, wenn nich perfekt, dann der perfekzion zimlich na. Dabei is di grosse merheit der wörter, di aus andren sprachen gekommen sind, längst eingedeutsht, oder was di deutshsprachige kulturwelt besonders mag, halb eingedeutsht (oft wird das eingedeutsht, was onehin shon deutsh wär, und das belassen, was gegen alle deutshen regeln verstösst): kommunikazion (statt communicatio oder komunikazion), kommuniqué (statt communiqué oder komunikee), komfort (statt comfort oder komfor) usw.

Wenn di reformagegner wirklich gegen eindeutshungen wären, müssten si dafür eintreten, das man di horae zurük dret und alle wörter, di nich ursprünglich aus dem deutshen kommen, originalis scribit. Daran sind si aber nich interessat, ganz im gegenteil. Vor allem müssten si dafür eintreten, das man fremdwörter klein scribit wi in der originalissprache, das tun si auch nich. Alles originalis scribere könnten nur menshen, di fast alle europäishen sprachen beherrshen, um zu wissen wi man di wörter richtig conjugat, declinat usw. Reformagegner sind für alle änderungen, di shon stattgefunden ham, und gegen alle änderungen, di heute oder in der zukunft stattfinden könnten.

Wenn nich bewisen werden kann, das di alte shreibung besser, klarer oder praktisher is, verlassen si dises feld und meinen, dise diskussion, bei der si munter mitgemacht ham, is eigentlich ein sakrileeg. Es get dann nich mer darum, ob eine shreibung besser, klarer oder praktisher is, sondern um di kultur. Sprache is kultur, kultur is wi si jez is, und eine veränderte kultur is keine kultur mer. Als wär kultur statish, als wär in den lezten par tausend jaren nix passirt in der kultur, als wär *cultura* nich genau das sich entfernen von der *natura*. Als wären wir noch in der steinzeit. Im jar 2019 merkt man doch ganz drastish den untershid!

Nein, di kultur ändert sich, weil das leben sich ändert, wi das leben so di sprache. Einige reformgegner erkennen schon di dinamik der kultur, si sind einverstanden, das di sprache sich mit der kultur ändert. Und di kultur kann nich statlich geregelt werden, es is ein natürlicher prozess der in der bevölkerung stattfindet. Nur, wi kann eine sprache mit der kultur shritthalten, wenn si seit 100 jaren vom stat praktish gefesselt wird? Wenn der stat bestimmt, das das, was der Duden sagt, richtig is?

Wenn man eine änderung einfüren will, di s noch ni gegeben hat, wird mit der ruhmreichen vergangenheit der deutshen sprache argumentirt. Wenn man aber di kommaregeln auf ein minimum reduziren will und somit di deutshe sprache fast auf den stand zurük bringt, wi si tausend jare lang war und seit 90 jaren nich mer is, meinen di reformer nich mer, das es kultur war, was 1000 jare gültigkeit hatte, sondern das solche zustände zu einer dunklen vergangenheit gehören. Plözlich riecht di ruhmreiche vergangenheit nach moder!

Wenn das kultur-argument nich mer greift, wird auf di ästetik zurük gegriffen: formen wi »shifffahrt« sind eine beleidigung für di augen. Si vergessen dabei, das di deutshe sprache solche formen hat, wi z.b. im wort sauerstoffflashe. Wenn di reformer konsequent sauerstofflashe shreiben würden, würden di gegner widerum di reformer der ungenauigkeit bezichtigen. Und wenn wir shon von ästetik sprechen: wenig menshen in Deutshland, wi auf der ganzen welt, finden di slavishen sprachen wolklingend. Das ligt vor allem an irem konsonantenreichtum. Reicher an konsonanten als di slavishen sprachen und als alle sprachen auf der welt is di deutshe sprache, und das kann nur eine abshrekende wirkung bei den ausländern haben. Wenige sprachen ham widerum sovile unausgesprochene konsonanten wi di deutshe, und wenigstens dise unausgesprochenen konsonanten könnt man entfernen, um das immige zu verbessern. Set wivil technik und gedanken Deutshland exportirt hat und wivil wörter! Kindergarten, kaffeklatsh, kitsh, putsh, das is zimlich alles.

Zu allem überfluss muss man nich exakt sondern redundant sein: damit keiner auf den gedanken kommt, vor einer einfart zu parken, stet meistens ein shild, das dem übeltäter damit drot, sein auto abzushleppen. Dises shild sit auf english, portugisish und deutsh folgendermassen aus:

Will be towed away
Sujeito a guincho
Widerrechtlich parkende Fahrzeuge werden kostenpflichtig abgeschleppt

Da sen wir wider den grossen deutshen, der etwas mer plaz braucht als di andren. Man könnt einfach »wird abgeshleppt«

shreiben. Das berechtigte farzeuge nich abgeshleppt werden, wissen di brasilianer, americaner, und di deutshen sind auch nich so shwer von begriff, das si das nich wüssten. Das das abshleppen kostenpflichtig is, dito. Leute, di dein auto abshleppen lassen, sind selten in der laune, für dich di rechnung zu zalen.

Natürlich is das eine reform von oben, stimmt, aber man vergisst immer zu sagen, das di deutshe rechtshreibung seit langem von einer elite diktirt wird. Als di gelerten latein schriben, wurde di deutshe rechtshreibung in rue gelassen und war im alt- und mittelhochdeutsh einfach. Als di gelerte elite di deutshe sprache an sich zog, um si zu einem glasperlenspil zu machen, kamen hunderte von unnüzen buchstaben und unregelmässigkeiten hinzu. Am anfang des jarhunderts wurden di regeln vom stat festgeleegt, und seitdeem bestimmt ein privater verlag mit statlichem segen, wi hirzulande geshriben wird, zu allem überfluss hat er dauernd das regelwerk erweitert, one irgend jemand zu fragen. Er shreibt angeblich, wi di deutshsprechenden völker shreiben, und dise shreiben angeblich wi der Duden shreibt, aber der Duden shreibt nur wi di leute shreiben, wenn si sich an seine regeln halten.

Du Duden, ich hoff du fülst dich nich persönlich angegriffen, gel. Wegen der kritik. Du warst eigentlich nich shuld, du hast getan was man dir gesagt hat, und duzen tu ich dich nur, weil Si Duden ein bissi komish klingt, am ende verwexel ich das noch und sag Du Siden.

Di reform is eine diktatur wi di andere, mit dem untershid, das si mer freiheit einräumt. Leider weiss man nich, wo di freiheit is, aber man kann ja nich alles ham. Wenn di lerer nich mer wissen als di shüler, wenn si dazu gezwungen sind, auf kilometerlangen listen zu cheken, ob ein bestimmtes wort eingedeutsht werden darf, ob s mit ä oder e geshriben wird, kann man nich mer von einer vereinfachung sprechen. Man redet von den reformern wi von einer konspirativen gruppe, aber di reform is das ergebnis des zusammenstosses von reformern und reformgegnern, sprachwissenschaftlern und kulturpolitikern, und das hat si so inkonsequent gemacht. Zuvile köche …

Andrerseits: man sagt, di reform is lächerlich, si ändert nur 0,5% der rechtshreibung, und keine minute danach kritisirt man, das si di deutshe sprache zerstört. Meine herren: so get s wirklich nich. Entweder si ändert nix oder si ändert vil, aber beides gleichzeitig get ja wirklich nich.

Fast 80% der deutshsprachigen bevölkerung is gegen di reform, di grade beshlossen worden is. Di meisten aber lenen si nich aus tradizionsgründen ab, sondern weil si (teilweise mit recht) glauben, das si nich vereinfacht. Also is dise deutshe komplikazionslibe gar nich so verbreitet wi man glaubt.

Trozdeem muss ich sagen: so eine komplizirte vereinfachung ham nur di deutshen geshafft.

Ja, bedanken muss ich mich bei einer ganzen menge leute, di mir auf di verschidensten weisen geholfen ham. So ein buch is eine grosse timarbeit, leider kann man nich alle namen auf den umshlag schreiben. Meim verlag und vor allem dem lektor, Thomas Hack, der mir di libe zu disem buch zurük gegeben hat, müsst ich danken, aber das tut man nich, der verlag verdint sowiso daran, wollen wir wenigstens hoffen. Andre ham mir geholfen, entweder beim aufbau meiner infrastruktur, di ich fürs shreiben brauch, oder als testleser: Andrea Kriegl, Arne Claaßen, Ashok Chakravarty, Barbara Malik, Berni Mannl, Betty Lochner, Birgit Sasse, BOA, Carlos Alberto Jacaré do Nascimento Camargo, Brunhilde Sadler, Christian Bauer, Christiane Schleidt, Co, Dirk Fröhlich, Dora Wildanger, Edition Diá, Eike Barmeyer, Elza Wagner-Carroza, Eneida de Almeida Werner, Felipe Tadeu, Gaby Seibl, Gaby Küppers, Günther Hablik, Harald Kneitz, Heike Hildebrandt, Helly Klug, Hendrik Boehnke, Jane Clouston, Jasmin Müller-Stoy, Joachim Jung, Johan de Blank, Jutta Söller, Ilse Burgkart, Irina Turmerozov de Paula, Isolde Neumann, Jan Faktor, Karin Müller-Stoy, Kerstin Lohr, Kiki Kiefer, Klaus Böldl, Kulturamt Ingolstadt, Liana Tolle, Lilian Janicke, Lina de Riese, Lisi Daigfuß, Lothar Macht, Lucy Mellersh, Mahé Müller-Stoy, Manfred Pirchner, Maria Klaner, Marion Dagmar Teske, Martin Neier, Martin Posset, Matti Bauer, Max Heider, Megumi Reich, Michael Kegler, Michael Theile, Mirjam Zwick, Olga Voinovich, Peter Moors, Peter Rühle, Rainer Düvel, Ralf Rickli, Rayl, Roberto Wendel, Roswitha Schieb, Schmutzhard von Innsbruck, Sepp Seemann, Sonja Hirsch, Stefan Heiss, Stefan Herker, Stefan Singer, Steffen Beyer, Sven Böttcher (und vielleicht Douglas Adams, für eine wortidee), Thomas Anz, Tiroler Kulturamt, Thorsten Ahrend, Tom Hoymann, Uli Rapp, Ulrike Buergel-Goodwin, Ulrike Landfester, Walter Schinner, Wolfgang Matz. Ich würde mich auch gern namentlich bei den vilen kritikern bedanken, di di schönen kritiken über das erste buch geshriben ham, wodurch ich mer verkaufen konnte und dises zweite buch nich beim taxifaren shreiben musste, sondern gemütlich zuhause. Aber das tut man auch nich. Ganz besonders möcht ich mich bei der Amalien Buchhandlung, Helmut El-Klewan, beim Kulturreferat München, Malu Fontenelle, Monika Hemmer, Regina Fritz, Reinardo Paulo Fritz, Robbi Tänzer und beim Schloss Wiepersdorf bedanken. Noch besonderer bei Christiane Lange, di mir vile probleme löst, von denen ich gar nix weiss.

Peter Kihlgård
Schwein im Glück

Ein Märchen

---

93 Seiten. Gebunden
ISBN 3-378-00619-6

Rar wie Absolut-Wodka und sündhaft teuer ist das Fleisch der Skeppsklint-Säue, denn wunderbare Eigenschaften werden ihm zugeschrieben. Als mit einem Mal die Geburtenrate in diesem Dorf enorm steigt, kursiert in der Umgebung das Gerücht, dies sei dem Delikateßfleisch geschuldet. Der Kilopreis für Skeppklint-Säue schnellt also in astronomische Höhen. Selbst japanische Unternehmer wollen von jener außerordentlichen Fruchtbarkeit profitieren. Doch plötzlich wird der Reichtum der Bauern bedroht …
Ein augenzwinkerndes Märchen von glücklichen Schweinen, reichen Bauern und einem genüßlichen Schildbürgerstreich.

Gustav Kiepenheuer
VERLAG